KB095748

WE ARE OKAY

Nina LaCour

우린 괜찮아

니나 라쿠르 지음

이진 옮김

든

그 어느 때보다도, 크리스틴을 위하여

그리고 영원히 내 마음에 머물

나의 할아버지 조세프 라쿠어를 기리며

제1장

떠나기 전, 한나는 내게 정말 괜찮겠냐고 물었다. 학교 관리인들을 제외한 모두가 떠난 뒤였다. 학교 문이 닫힌 뒤에도 한나는 한 시간을 더 기다렸다. 빨래 한 무더기를 개어놓고, 이메일을 쓰고, 두꺼운 심리학 교재를 뒤져 기말시험 문제의 답을 제대로 썼는지 확인했다. 이제 더는 시간을 끌 구실이 없었다. 그래서 내가, "난 괜찮다니까."라고 말했을 때 한나는 내 말을 믿을 수밖에 없었다.

나는 한나를 도와 아래층까지 가방을 들고 내려갔다. 한나가 나를 있는 힘껏 끌어안으며 말했다. "숙모 집에 갔다가 28일에 돌아올 거야. 그때 우리 기차타고 공연 보러 가자."

나도 내 마음을 모르는 상태였지만 일단은 알았다고 대답했다. 다시 방으로 돌아와서야 한나가 베개 위에 밀봉한 봉투 하나를 슬쩍 놓고 갔다는 걸 알았다.

나는 이제 기숙사에 혼자 남아, 한나가 예쁜 글씨로 쓴 내 이름을 바라보고 있다. 이 조그만 것 하나 때문에 완전히 무너져 내리지 않으려 애쓰면서.

봉투에 관해서라면 나는 조금 특별한 감정을 갖고 있다. 봉투를 뜯어보고 싶지가 않다. 솔직히 건드리는 것조차 내키지 않지만, 저 봉투엔 분명히 좋은 게 담겨있을 거라고 끊임없이 나 자신에게 되뇐다. 크리스마스카드. 특별한 내용이 담긴 카드일 수도 있고, 어쩌면 그냥 서명만 한 것일 수도 있다. 뭐가 들어있건, 해로운 것일 리가 없다.

원칙대로라면 방학 한 달 동안 기숙사는 문을 닫아야 했다. 그러나 상담사가 내가 머물 수 있도록 조처해주었다. 행정처에서는 달가워하지 않았다. 그들은 계속 물었다. *가족이 없니? 같이 있을 친구라도?* 나는 그들에게 말했다. *여기가 지금 제가 사는 곳이에요. 졸업할 때까지 여기에서 살 거예요.* 결국 그들이 굴복했다. 이틀 전 문 밑으로 주거관리부장이 보낸 편지가 왔다. 학교 관리인이 방학 내내 여기 머물 예정이라며 그의 연락처를 남겨놓았다. *뭐든 필요한 게 있으면 관리인에게 연락하렴.*

우린 괜찮아

나에게 필요한 것. 캘리포니아의 햇살. 보다 믿을 수 있는 미소.

사람들의 목소리가 없으니, 방마다 켜놓은 TV의 소음이 없으니, 수돗물 흐르는 소리와 변기 물 내려가는 소리가 없으니, 전자레인지의 윙 하고 땡 하는 소리가 없으니, 발자국 소리와 문 닫는 소리가 없으니, 이 모든 삶의 소음이 없으니, 기숙사가 새롭고 낯설다. 이곳에서 지낸 지 어느덧 세 달째인데도 이제야 난방기 소리를 알아차린다.

난방기가 딸깍 하고 켜진다. 한 줄기 온기.

오늘 밤 난 혼자다. 내일이면 메이블이 도착해서 사흘을 머물겠지만, 메이블이 떠나고 1월 중순까지는 다시 혼자다. "만약 내가 혼자 한 달을 보내야 한다면" 어제 한나가 말했다. "난 명상을 하겠어. 명상이 혈압을 낮추고 두뇌 활동을 촉진시킨다는 건 임상적으로 증명된 사실이야. 심지어 면역력에도 도움이 된다잖아." 잠시 후 한나가 배낭에서 책 한 권을 꺼냈다. "얼마 전에 서점에서 발견한 책인데, 네가 먼저 읽어도 돼."

한나는 내 침대 위로 책을 던져놓았다. 고독에 관한 수필집이었다.

왜 이토록 내 걱정을 하는지 나는 안다. 내가 이 방문 앞에 처음 모습을 드러냈을 때는 할아버지가 돌아가신 지 2주가 지났을 무렵이었다. 한때 나는 그저 넋이 나간 채 떠도는 방랑자일 뿐이었지만 지금은 한나의 아는 사람이 되었고, 그래서 그 상태로 머물러야 한다. 한나를 위해 그리고 날 위해.

겨우 한 시간 만에 찾아온 첫 번째 유혹. 내 이불과 침대, 베개들과 한나의 어머니가 주말 방문 때 놓고 간 가짜 양모의 따스함. 그것들이 말한다. *들어와. 네가 하루 종일 침대에서 뒹굴어도 아무도 몰라. 한 달 내내 똑같은 트레이닝복을 입고 있어도, TV를 보며 매 끼니를 때우고 티셔츠를 냅킨으로 써도 아무도 몰라. 아무 의미 없는 소음이 될 때까지 똑같은 노래를 반복해서 듣는 거야. 겨울이 다 가도록 잠만 자는 거야.*

메이블이 가고 나면, 이 모든 게 전부 다 내 차지다. 눈이 침침해지도록 트위터를 훑어보다 오스카 와일드 소설의 주인공처럼 침대에 픽 쓰러질 수도 있겠지. 할아버지와 그러지 않겠다고 약속했지만, 위스키 한 병을 구해서 술기운에 벌겋게 된 얼굴을 하고, 방의 모든 모서리들이 뭉툭해지고, 새장에 갇혀있던 추억들이 풀려나게 할 수도 있겠지.

어쩌면 다시 할아버지의 노래를 들을 수 있을지도. 온 세상이 고요해지면.

그러나 한나는 바로 그런 상황으로부터 날 구원하려 애쓰고 있다.

수필집은 남색이다. 문고판. 책을 펼치니, 서두에 웬델 베리의 글이 인용되어 있다. "인간의 무리 속에서 고군분투하느라 우리는 지쳐있고 휴식이 없다." 내가 속한 인간의 무리들은 살을 에는 추위를 피해 부모님 집으로, 탁탁거리며 타는 벽난로 근처로, 혹은 비키니를 입고 산타 모자를 쓴 채 포즈를 취하며 친구들에게 메리크리스마스를 빌어주기 위해 열대의 휴양지로 떠났다. 나는 베리 씨의 말을 믿고 그들의 부재를 하나의 기회로 여겨보려 애쓴다.

첫 번째 수필은 자연에 관한 것인데, 내가 들어본 적 없는 어느 작가가 수십 페이지에 걸쳐 호수를 묘사하고 있다. 나는 섬세한 풍경 묘사에 모처럼 편안히 빠져든다. 그는 잔물결, 수면에서 반짝이는 햇살, 호숫가의 조약돌을 묘사한다. 그다음엔 부력과 무중력 상태로 옮겨간다. 그런 것들이라면 나도 익히 알고 있다. 실내 수영장에 들어가는 열쇠가 있다면 바깥의 추위를 무릅쓰고라도 가볼 텐데. 이 고독한 한 달 동안 수영으로 하루를 시작하고 끝낼 수 있다면 기분이 한결 나아질 텐데. 그러나 그럴 수가 없다. 그래서 계속 책을 읽는다. 그는 혼자 시간을 보내는 방법으로 자연을 떠올릴 것을 제안한다. 우리 마음속에 호수와 숲이 있다고 말한다. 눈을 감으라고, 그리고 그곳에 가보라고.

나는 눈을 감는다. 난방기가 딸깍 하고 켜진다. 나는 무엇이 날 채울지 기다려본다.

그것들은 서서히 다가온다. 모래. 해변의 풀과 유리 조각들. 갈매기들과 세가락도요들. 파도의 소리, 그리고 그보다 *더 빠르게* 밀려들다가 밀려나고 먼 바다와 하늘로 사라져 버리는 파도의 모습. 나는 눈을 뜬다. 너무 벅차다.

창밖의 달은 밝은 은색으로 빛난다. 종이쪽지 하나를 비추는 책상 위 램프의 불빛이 이 건물 안에 있는 백 개의 방을 통틀어 유일한 불빛이다. 나는 메이블이 떠난 뒤 해야 할 일들의 목록을 적는다.

매일 아침 온라인 〈뉴욕 타임스〉 읽기
식료품 사기
수프 만들기
버스 타고 상점가/도서관/카페 가기
고독에 관한 글 읽기
명상하기
다큐멘터리 보기
팟캐스트 듣기
새로운 음악 듣기⋯⋯

우린 괜찮아

나는 욕실 세면대에서 전기 주전자에 물을 채워 라면을 끓인다. 라면을 먹는 동안, 나는 초보자를 위한 명상 관련 오디오북을 다운로드한다. 재생 버튼을 누른다. 내 마음이 방황한다.

얼마 후 잠을 청해보지만 자꾸 이런저런 생각들이 떠오른다. 모든 것이 뒤엉켜 휘몰아친다. 명상과 브로드웨이 공연에 대해 얘기하는 한나. 학교 관리인, 내가 그에게서 필요한 게 있는지 여부. 그리고 지금 이곳으로 오는 중인, 다시 내 삶의 일부가 되려 애쓰는 메이블. 안녕이라는 인사를 어떻게 건네야 할지 모르겠다. 얼굴에 어떤 표정을 띄우게 될지도. 미소를 지을 수 있을지, 혹은 미소를 지어야 하는지도. 그리고 그 모든 생각들 틈을 비집고 켜지고 꺼지는 난방기 소리가 들린다. 피로해질수록 소리는 점점 더 커진다.

나는 침대맡 스탠드를 켜고 수필집을 집어 든다.

다시 운동을 시작할까. 이번엔 꾸준히 해볼 수도 있을 것이다. 얼마나 두꺼운지 몸통을 완전히 빙 두르는 데만 다섯 명이 필요했던 삼나무 생각이 난다. 그 나무 밑엔 양치식물 꽃들과 촉촉하고 검은 흙이 있었다. 그러나 나는 내 생각이 그 삼나무 숲에만 머물거라 믿지 않는다. 지금 저 밖의 눈 덮인 나무들은 내가 한 번도 팔을 두른 적 없는 나무들이다. 이곳에서의 나의 역사는 오직 세 달 전으로만 거슬러 갈 뿐이다. 나는 여기서 새로 시작할 것이다.

침대에서 내려와 레깅스 위에 트레이닝복 바지를 덧입고 터틀넥 셔츠 위에 두툼한 스웨터를 껴입는다. 책상 의자를 문 쪽으로 끌고 가고, 다시 복도를 지나 엘리베이터까지 끌고 가서 맨 꼭대기 층을 누른다. 엘리베이터 문이 열리면 맨 꼭대기 층의 커다란 아치형 창문 쪽으로 의자를 가져간다. 이곳은 언제나 고요하다. 기숙사가 학생들로 꽉 차있을 때조차도. 나는 양 손바닥으로 무릎을 짚고 두 발을 카펫 위에 반듯하게 놓고 앉는다.

창밖엔 달, 나무들의 윤곽, 캠퍼스의 건물들, 산책로를 수놓는 불빛들이 펼쳐져 있다. 지금은 이 모든 것이 나의 집이고, 메이블이 떠난 뒤에도 이곳이 나의 집일 것이다. 나는 그 풍경의 고요함을, 그 날카로운 진실을 음미한다. 눈이 따갑고 목이 멘다. 이 외로움을 무디게 할 무언가가 있었으면. *외롭다*는 말이 좀 더 정확한 단어였으면. 외롭다는 말은 훨씬 덜 아름답게 들려야 한다. 그러나 지금 외로움을 감당해 두는 편이 나을 것이다. 나중에 나를 옴짝달싹 못 하게 불시에 덮치지 않도록, 온몸이 마비되어 다시 나 자신으로 돌아가는 길을 찾지 못하는 일이 없도록.

숨을 들이쉰다. 숨을 내쉰다. 이 새로운 나무들에 눈을 열어둔다.

내가 어디 있는지 알고, 여기 있는 게 어떤 의미인지 안다. 내일이면 메이블이 온다는 걸 안다. 내가 원하건 원하지 않건. 사람들에 둘러싸여 있을 때조차도 나는 항상 혼자일 것을 안다. 그래서

우린 괜찮아

나는 내 안에 공허감을 들인다.

하늘은 가장 어두운 파란색이고, 별 하나하나가 환하게 빛난다. 무릎에 닿는 내 손바닥이 따스하다. 혼자인 방식에는 여러 가지가 있다. 그것만큼은 확실히 알고 있다. 숨을 들이쉰다, 별과 하늘. 숨을 내쉰다, 눈과 나무.

혼자인 방식에는 여러 가지가 있고, 내가 마지막으로 혼자였을 땐 이런 식이 아니었다.

아침이 다르게 느껴진다.

10시가 다 되도록 자고 있으니, 내 방 아래쪽 진입로로 관리인의 트럭이 들어와 눈을 치우는 소리가 들린다. 나는 샤워를 하고 옷을 입는다. 창문이 햇살을 들인다. 음악을 선곡하고 한나의 스피커를 내 노트북에 꽂는다. 어쿠스틱 기타의 현을 튕기는 소리가 방 안을 채우다가 여자의 목소리가 이어진다. 나는 전기 주전자를 챙겨서 방문을 열고 욕실 세면대로 향한다. 노래가 나를 따라 복도의 모퉁이를 돈다. 나는 욕실 문도 열어둔다. 내가 유일한 거주자인 동안에는 이 공간이 내 것처럼 느껴지게 만들어야 한다.

물이 주전자를 채운다. 기다리는 동안 거울에 비친 내 모습을 바라본다. 나는 메이블이 올 때 지어야 할 미소를 지어보려 애쓴다. 후회뿐 아니라 반가움도 전할 수 있는 미소를. 그 이면에 어떤 의미가 담겨있는 미소, 해야 할 말을 전부 다 담고 있어서 적절한 말을 찾으려 애쓸 필요가 없는 미소. 나는 수도꼭지를 잠근다.

다시 방으로 돌아와 전기 주전자의 코드를 꽂은 다음, 어젯밤에 쓰고 나서 마르도록 엎어둔 노란 그릇을 집어 든다. 한나의 책상과 내 책상 사이에 있는 조그만 냉장고에서 꺼낸 그래놀라와 남은 우유를 그릇에 붓는다. 오늘 아침 차는 블랙이다.

7시간 반 뒤면 메이블이 도착한다. 나는 메이블의 눈으로 내 방을 보기 위해 방문 앞에 선다. 다행히 한나가 우리 방에 약간의 색을 가미하긴 했지만 잠깐이면 한나의 공간과 내 공간의 확연한 차이를 알아차릴 것이다. 화분과 그릇들을 제외하면, 내 쪽은 책상마저 텅 비어 있다. 지난 학기 교재는 이틀 전에 전부 팔았고, 고독에 관한 책을 메이블이 보게 되는 건 그다지 원치 않는다. 나는 책을 벽장에 넣는다. 벽장 속 공간은 넉넉하다. 그러나 돌아서는 순간 내 방 최악의 장소와 맞닥뜨린다. 바로 아무것도 붙어 있지 않은 나의 게시판이다. 미소에 관해서는 할 수 있는 일이 별로 없지만 이것만큼은 뭔가 해볼 수 있을 것이다.

다른 방에 많이 가봐서 내가 뭘 해야 하는지는 알고 있다. 나는 한나의 벽을 바라보며 많은 시간을 보냈다. 나에겐 노래와 책과 유명인의 명언이 필요하다. 사진, 기념품, 잘린 콘서트 티켓, 우리끼리만 아는 농담의 증거가 필요하다. 대체로 내게 없는 것들이지만 펜과 종이, 한나와 내가 같이 쓰는 프린터로 어떻게든 해볼 수 있을 것이다. 매일 아침 한나와 같이 듣던 노래가 있다. 나는 기억을 더듬어 보라색 펜으로 그 노래의 코러스 부분을 쓰고 그 주위를 네모나게 자른다.

달 사진을 고르느라 인터넷에서 긴 시간을 보낸다.

같은 층에 사는 키튼이 우리에게 크리스털에 관한 모든 것을 알려주었다. 키튼의 방 창가에는 언제나 햇빛에 반짝이는 크리스털 수집품들이 있다. 나는 원석의 치유력과 사용법을 설명해놓은 조세핀이라는 여자의 블로그를 발견한다. 나는 보호를 위해 황철석 사진을, 안정을 위해 적철석 사진을, 평정을 위해 비취 사진을 찾는다. 우리의 컬러 프린터가 딸깍거리고 윙윙거린다.

교재를 급하게 팔아치운 게 후회스럽다. 교재 곳곳에 포스트잇을 붙이고 연필로 필기를 해두었는데. 역사 시간, 미술 공예 운동에 대해 배울 때 마음에 드는 글귀들이 많았는데. 나는 윌리엄 모리스를 검색하고 그의 수필을 차례로 읽어보면서 그가 한 말들 중 마음에 드는 게 있는지 본다. 그리고 몇 개를 골라 각기 다른 색 펜으로 쓴다. 컴퓨터로 치면 좀 나아보일까 싶어 다양한 서체로 써서 출력도 해본다. 내가 기억하는 것과 비슷한 삼나무를 찾아보다가 삼나무의 생태에 관한 미니 다큐멘터리까지 보게 된다. 캘리포니아 삼나무는 필요한 수분의 대부분을 안개에서 흡수

한다는 사실과 폐가 없어서 피부로 호흡하는 구름도롱뇽에게 삼나무가 보금자리가 된다는 사실도 알게 된다. 나는 밝은색 이끼 위에 앉아 있는 구름도롱뇽 사진의 인쇄 버튼을 누르고 프린터가 멈추는 순간, 이 정도면 됐다고 생각한다.

한나의 압정을 빌린다. 내가 출력하고 손으로 쓴 것들을 배열해서 붙인 다음 한 걸음 뒤로 물러나 바라본다. 전부 너무 빳빳하고, 너무 새것이다. 종이가 전부 똑같은 흰색이다. 글귀가 흥미롭고 사진이 예쁜 게 중요한 게 아니다. 어딘가 절박해 보인다.

벌써 3시다. 몇 시간을 허비한 데다 6시 반이 더 이상 먼 미래가 아니라서 숨을 쉬기가 버거워진다. 지난 네 달 동안 대화를 나누지 않았어도 메이블은 이 세상 그 누구보다 나를 잘 안다. 나는 메이블이 보낸 문자의 대부분을 무시했고 어느 순간부터 문자는 오지 않았다. 메이블의 로스앤젤레스 생활이 어떤지 나는 알지 못한다. 메이블은 한나의 이름도 모르고 내가 무슨 수업을 듣는지도 모르고 내가 잠을 제대로 자는지도 모른다. 그러나 내 얼굴을 보는 순간 내가 어떻게 지내는지 바로 알아차릴 것이다. 나는 게시판에 붙여놓은 것들을 전부 다 떼어내 다른 동 샤워장 쓰레기통에 버린다.

메이블을 속일 방법은 없다.

엘리베이터 문이 열리지만 나는 타지 않는다.

왜 전에는 엘리베이터 걱정을 안 했는지 모르겠다. 대낮이 되고 메이블이 도착할 시간이 임박해오는 지금, 만에 하나 엘리베이터가 고장이라도 나게 되면, 그래서 이 안에 혼자 갇히게 되면, 비상 버튼을 눌러도 들을 사람이 없으면, 관리인이 내가 잘 있는지 보러올 때까지 긴 시간을 갇혀 있어야 한다. 적어도 며칠이 걸리겠지. 메이블이 도착해도 아무도 문을 열어주지 않을 것이다. 문을 두드려도 나조차 그 소리를 듣지 못할 것이다. 결국 메이블은 도로 택시를 타고 공항으로 가서 집에 갈 비행기 편을 구할 때까지 기다릴 것이다.

메이블은 예상했던 일이라고 생각할 것이다. 내가 메이블을 실망시키는 것. 내가 모습을 드러내기를 거부하는 것.

나는 엘리베이터 문이 닫히는 것을 보고 계단으로 향한다.

내가 부른 택시가 시동을 걸어둔 상태로 문 앞에서 기다리고 있다. 나는 한나가 두고 간 방한화에 감사하며 기숙사 로비에서부터 부서진 얼음 자국을 남긴다. 나에겐 살짝 작은 이 방한화를 한나는 첫눈이 내릴 때 한사코 내게 신으라고 우겼다. "네가 몰라서 그래." 한나가 말했다.

택시 운전사가 내려서 문을 열어준다. 나는 감사의 의미로 고개인사를 한다.

"어디로 갈까요?" 우리가 둘 다 차에 타고 열기가 강해지자 시큼한 향수와 커피향이 섞인 숨을 내쉬며 그가 묻는다.

"스톱 앤드 숍." 내가 말한다. 24시간 만에 처음 내뱉는 말.

식료품 상점의 형광등 불빛, 쇼핑하는 사람들과 그들이 끄는 카트, 우는 아기들, 크리스마스 캐럴. 무얼 살지 정확히 알지 못했다면 감당하기 힘들었을 것들이다. 쇼핑 자체는 수월했다. 버터향이 가미된 전자레인지용 팝콘. 가느다란 막대 프레츨. 동그란 밀크 초콜릿 과자. 인스턴트 핫초코. 자몽맛 스파클링 워터.

다시 택시에 오를 때 나는 묵직한 쇼핑백 세 개를 들고 있었다. 메이블은 사흘만 머물 예정이지만 이 정도면 일주일은 버틸 수 있다.

공용 주방은 2층에 있다. 나는 3층에 살고 한 번도 주방을 이용해본 적이 없다. 내가 보기에 주방은 클럽 활동을 하는 애들이 밤중에 영화를 보며 먹을 브라우니를 굽는 장소 혹은 식당 음식이 물려서 가끔 직접 만들어 먹고 싶은 애들이 모이는 장소다. 냉장고를 열어보니 텅 비어 있다. 방학을 맞아 비운 모양이다. 규정에 따르면 모든 개인 소지품에는 이름 첫 자, 방 호수, 날짜를 기입해야 한다. 나는 혼자인데도 유성펜과 테이프를 찾는다. 머지않아 내 이름이 붙은 식료품들이 냉장고 두 칸을 채운다.

나는 방으로 올라가서 한나의 책상 위에 과자들을 쌓아놓는다.

내가 바라던 대로 풍족해 보인다. 그때 휴대폰이 진동하며 문자가 왔음을 알린다.

나 왔어.

아직 6시도 채 안 됐는데. 적어도 30분은 더 있어야 하는데. 나는 메이블이 이 문자를 보내기 전에 보냈던 모든 문자들을 훑어보며 스스로를 괴롭히지 않을 수 없다. 괜찮은지 묻는 문자. 내 생각을 한다는 문자. 젠장 대체 어디 있는 거냐고, 화가 난 거냐고, 얘기 좀 할 수 있냐고, 자기가 가도 되냐고, 자기가 보고 싶으냐고. *네브래스카 기억해?* 문자들 중 하나가 그렇게 묻는다. 실행할 의사가 없었던 우리의 계획에 대해. 문자는 계속 이어지고, 내가 무시한 문자들이 나를 죄책감으로 감싸고, 그러다가 들고 있던 휴대폰이 울려 나는 퍼뜩 정신을 차린다.

나는 놀라며 전화를 받는다.

"야." 메이블이 말한다. 모든 일이 일어난 뒤로 처음 듣는 메이블의 목소리다. "나 문 앞인데, 얼어 죽겠어. 문 좀 열지?"

나는 1층 출입문 앞에 선다. 우리는 유리 한 장을 사이에 두고 있다. 잠금장치로 뻗는 나의 손이 떨린다. 금속판에 손을 댄 채 메이블을 본다. 메이블은 입김을 불어 손을 녹이고 있다. 잠시 후 고개를 돌린다. 그러다가 다시 나를 돌아보고 우리의 눈이 마주친다. 어떻게 내가 미소를 지을 수 있을 거라고 생각했는지. 나는 잠금장치를 겨우 돌린다.

"이렇게 추운 데서 어떻게 사람이 사는지 모르겠다." 내가 문을 열자 메이블이 안으로 들어선다. 여기도 얼어 죽을 정도로 춥다.

"내 방은 더 따뜻해." 내가 말한다.

나는 메이블과 나의 손이 서로 닿지 않도록 조심스럽게 가방 하나로 손을 뻗는다. 엘리베이터를 타고 올라가는 동안 나는 그 가방의 무게에 감사한다.

복도를 지나는 시간은 고요하고 곧 내 방문 앞에 다다른다. 안으로 들어가자, 메이블이 가방을 내려놓고 코트를 벗는다.

여기 내 방에, 한때 나의 집이었던 곳에서 5000킬로미터 떨어진 곳에, 메이블이 있다.

내가 사놓은 과자들을 본다. 전부 다 메이블이 좋아하는 것들이다.

"그러니까." 메이블이 말한다. "내가 와도 괜찮은 건가 보네."

제2장

마침내 몸이 충분히 따뜻해진다. 메이블은 한나의 침대 위에 모자를 던지고 빨간색과 노란색이 섞인 목도리를 푼다. 나는 목도리의 친숙함에 움찔한다. 내 옷은 전부 다 새것이다.

"구경시켜 달라고 하려 했는데, 도저히 밖에 못 나가겠다."

"그러게, 미안해." 여전히 목도리와 모자에 시선을 고정한 채 내가 말한다. 예전처럼 보드라울까?

"날씨 때문에 나한테 사과하는 거야?" 메이블의 눈썹이 올라가고, 목소리엔 장난기가 서려있지만, 나는 재치 있게 받아치지 못한다. 질문은 허공을 맴돌고 나는 메이블이 정말로 받아야 할 사과를 떠올린다.

미안하다는 말을 들으러 오기에 5000킬로미터는 너무 멀다.

"교수들은 어때?"

다행히도 나는 수업 중에 욕을 하고, 오토바이를 타고 다니고, 강의실보다는 술집에서 만날 법한 역사학 교수에 대해 얘기할 수 있다. 이 주제가 나를 말 잘하는 사람으로 만들어주진 않지만 적어도 적절한 말을 할 줄 아는 사람으로 만들어준다.

"처음엔 우리 학교 교수들 전부 다 순결을 지키는 사람들인 줄 알았거든." 내가 말한다. 메이블이 웃는다. *내가 메이블을 웃게 했다.* "그러다가 이 교수를 만나는 바람에 환상이 다 깨졌어."

"그 교수 수업은 어느 건물에서 하는데? 창문으로라도 볼래."

메이블이 등을 지고 서서 우리 학교를 내다본다. 나는 조금 길다싶게 시간을 끌다가 곁으로 다가간다.

메이블.

뉴욕에. 내 방에.

창밖엔 눈이 대지를, 벤치들을, 관리인의 트럭 후드를, 나무들을 뒤덮었다. 아무도 없는데도 산책로의 불빛이 반짝인다. 불빛 때문에 더 비어 보인다. 불빛이 이렇게 많은데 오직 정적뿐이다.

"저기." 내가 어둠 저편, 거의 불빛이 없는 가장 먼 건물을 가리킨다.

"문학 수업은 어디서 해?"

"여기." 이번엔 옆 건물을 가리킨다.

"그거 말고 또 무슨 수업 들어?"

나는 매일 아침 왕복 수영을 하고 아직은 잘 안 되지만 접영을 마스터하려 애쓰고 있는 체육관 건물을 가리킨다. 밤늦은 시간에도 수영을 하지만 그 얘긴 하지 않는다. 수영장 물은 항상 28도로 맞추어져 있다. 다이빙을 할 땐, 내가 평생 알았던 그 얼음장 같은 충격이 아닌 무(無)로 뛰어드는 기분이다. 감각을 마비시킬 정도로 차갑거나, 나를 아래로 끌어내릴 정도로 거센 파도는 없다. 밤의 수영장은 고요하다. 나는 수영을 하다가 어느 순간 물에 뜬 상태로 천장을 보거나 눈을 감는다. 그러면 모든 소음들이 둔해지고 아득해지고, 인명구조원이 나를 계속 지켜본다.

두려움이 엄습해올 때 그렇게 하면 마음이 평온해진다.

그러나 밤이 깊어지면 수영장 문이 닫히고 나는 생각을 멈출 수가 없다. 그럴 때는 한나가 날 진정시킨다.

"방금 진짜 재미있는 글을 읽었는데." 한나가 말한다. 침대에 앉아 교재를 무릎 위에 올려놓은 채. 그리고 꿀벌에 관한, 낙엽수에 관한, 진화에 관한 글을 읽어준다.

보통은 그 내용을 귀담아 듣기까지 시간이 좀 걸린다. 그러나 가만히 듣다보면 나는 가루받이의 비밀을 알게 되고, 꿀벌의 날갯짓이 초당 200회라는 사실을 알게 된다. 나무가 잎을 떨구는 것은 계절의 변화 때문이 아니라 강우량 때문이라는 것. 우리 모두가 존재하기 이전에 다른 무언가가 있었다는 것. 그리고 결국 무언가가 우리를 대신하리라는 것.

내가 놀라운 세상의 너무도 작은 한 조각임을 깨닫게 된다.

나는 다시 한번, 내가 대학 기숙사 방에 있음을 나 자신에게 일깨운다. 이미 일어난 일은 어쩔 수 없다고. 다 끝났다고. 의심이 밀려들지만, 나는 두 개의 침대와 책상과 벽장, 우리를 둘러싼 네 벽, 우리 양쪽 옆방의 여자애들과 그 옆방의 여자애들, 이 건물 전체와 캠퍼스와 뉴욕주를 이용하여 의심을 떨쳐낸다.

우리가 바로 현실이야. 잠들기 전 나 자신에게 되뇐다.

그러다가 정각 6시에 수영장이 개방되면 수영을 하러 간다.

인기척에 나는 다시 현실로 돌아온다. 메이블이 머리카락을 귀 뒤로 넘기고 있다. "식당은 어디야?"

"이 창문으로는 안 보여. 교정 맞은편 안쪽에 있어."

"어때?"

"훌륭해."

"애들 말이야. 전반적으로."

"착한 편이야. 난 주로 한나랑 한나 친구들하고 같이 앉아."

"한나?"

"내 룸메이트. 저기 뾰족한 지붕 보여? 나무들 뒤에."

메이블이 고개를 끄덕인다.

"인류학 수업은 저기서 들어. 아마 그게 내가 제일 좋아하는 과목일걸."

"정말? 문학이 아니고?"

내가 고개를 끄덕인다.

"교수 때문에?"

"아니, 교수는 둘 다 좋아." 내가 말한다. "문학은 모든 게 너무…… 모호한 것 같아."

"넌 그걸 좋아하잖아. 다양한 해석들을."

그랬던가? 기억이 나지 않는다.

나는 어깨를 으쓱한다.

"그리고 넌 문학 전공이잖아."

"아니, 아직 안 정했어." 내가 말한다. "자연과학 계열로 바꾸려고. 거의 마음을 굳혔어."

메이블의 얼굴에 당혹감이 스치는 것을 얼핏 본 것도 같지만, 그 순간 메이블이 내게 미소를 짓는다.

"화장실은?"

"따라 와."

나는 복도 모퉁이를 돌아 화장실로 안내한 다음 다시 방으로 돌아온다.

사흘이라는 시간이 문득 너무 길게 느껴진다. 메이블과 내가 채워야 하는 수많은 순간들이 엄두가 나지 않는다. 나는 침대 위에 놓인 목도리와 그 옆에 놓인 모자를 본다. 그것들을 집어 든다. 내 기억보다 더 보드랍다. 메이블과 메이블의 엄마가 사방에 뿌려대던 장미수 향이 풍긴다. 그들은 향수를 몸에 뿌리고 차 안에도 뿌렸다. 그들이 사는 집의 환한 방마다 뿌렸다.

메이블의 발자국 소리가 가까워지지만 목도리와 모자를 내려놓지 않는다. 나는 장미향, 메이블의 인간적인 살 내음, 그 집에서 보낸 모든 시간들을 들이마신다.

사흘로는 결코 충분하지 않을 것이다.

"집에 전화해야 해." 메이블이 문 앞에 서서 말한다. 목도리와 모자를 내려놓는다. 내가 그걸 들고 있는 모습을 보았다고 해도 메이블은 내색하지 않았을 것이다. "공항에서 문자를 하긴 했는데, 사실 이번 여행을 엄청 걱정하고 있거든. 자꾸 눈길 운전 시 주의 사항에 대해 얘기하더라고. 그래서 내가 계속 말했지. 운전을 제가 하는 게 아니에요."

메이블이 휴대폰을 귀에 댄다. 맞은편에 있는데도 그들이 전화 받는 소리가 들린다. 활기가 넘치는 애나 아주머니와 자비에르 아저씨의 목소리. 안도하는 것 같다.

문득 스치는 환상. 메이블이 문 앞에 나타나 나를 바라본다. 침

우린 괜찮아

대 위 내 곁에 앉고, 내가 들고 있던 모자를 받아 옆에 놓는다. 내가 들고 있던 목도리를 내 목에 두른다. 메이블의 손이 내 손을 따스하게 감싼다.

"네. 비행기는 괜찮았어요…… 모르겠어요. 되게 크던데…… 아뇨, 기내식은 안 나왔어요."

날 바라본다.

"네." 메이블이 말한다. "마린 옆에 있어요."

날 바꿔달라고 하려나?

"잠깐 확인할 게 좀 있어서." 나는 이렇게 말하고 만다. "안부 전해줘."

밖으로 나가서 계단을 내려가 주방으로 향한다. 냉장고 문을 연다. 내가 해놓은 그대로, 깔끔하게 이름표가 붙어 있고 가지런히 정돈되어 있다. 라비올리와 마늘빵, 콩을 넣은 퀘사디아와 밥, 야채수프, 건포도와 블루치즈를 넣은 시금치 샐러드, 또는 옥수수빵과 칠리소스를 만들 수 있다.

최대한 오래 꾸물거리다가 방으로 돌아가 보니 메이블은 이미 전화를 끊었다.

제3장

5월

자명종 소리도 못 듣고 자다가 거실에서 들려오는 할아버지의 노랫소리에 잠에서 깼다. 마린이라는, 배 타는 소녀의 꿈을 꾸는 어느 선원에 관한 노래다. 아홉 살 때부터 샌프란시스코에 살았던 할아버지는 아일랜드 억양이 센 편이 아닌데도 노래할 때만큼은 영락없는 아일랜드 사람이 되곤 했다.

할아버지가 내 방문을 두드리고 문 바로 뒤에서 큰 소리로 노래 한 소절을 불렀다.

내 방은 집의 앞쪽에 있는 침실이라 거리가 내다보였고, 할아버지는 안쪽 침실 두 개를 쓰고 있었다. 우리 사이에는 거실과 식당, 주방이 있어서 상대방이 들을까 봐 걱정하지 않고 뭐든 할 수

우린 괜찮아

있었다. 할아버지는 내 방에 들어온 적이 없었고 나는 할아버지 방에 들어간 적이 없었다. 사이가 나쁜 것처럼 들릴 수도 있겠지만, 그렇지는 않았다. 우리는 방과 방 사이의 공간에서 많은 시간을 보냈다. 소파와 안락의자에서 책을 읽었고, 식당에서 카드놀이를 했으며, 함께 음식을 만들었다. 너무 작아서 소금을 건네 달라고 말할 필요도 없고, 무릎이 자주 부딪쳐도 굳이 사과하지 않는 동그란 식탁에서 식사를 했다. 빨래 바구니는 욕실 옆 복도에 있었다. 우리는 번갈아 빨래를 한 다음 서로가 알아서 가져갈 수 있도록 식탁 위에 반듯하게 개어놓았다. 부모님이나 부부였다면 서로의 서랍장을 열고 빨래를 넣어 주었겠지만 우리는 아버지와 딸이 아니었다. 부부도 아니었다. 집 안에서 우리는 함께하는 시간을 즐기는 만큼 떨어져 있는 시간 또한 즐겼다.

내가 문을 열자 할아버지가 노래를 멈추고 검버섯이 핀 우락부락한 손으로 노란 머그컵에 담긴 커피를 내밀었다. "오늘은 내가 태워다 줘야겠구나. 보아하니 커피가 필요하겠고." 창문으로 스며드는 노란 아침 햇살. 내가 건어낼 때까지 나의 눈을 찌르는 황금빛 머리카락.

몇 분 뒤 우리는 차에 탔다. 뉴스는 온통 본국으로 송환된 어느 전쟁 포로에 대한 얘기뿐이었고 할아버지는 계속 말했다. "딱하기도 하지. 그 어린 것이." 할아버지의 관심을 끄는 일이 있어 다행이었다. 나는 어젯밤 일을 생각하고 있었다.

어젯밤 메이블과 우리의 친구들 모두가 책상다리를 하고 백사장에 둘러앉아 있었다. 몇 명은 어둠 속에 몇 명은 모닥불의 불빛 속에. 벌써 5월이었다. 가을이면 우리 모두 서로를 떠나 각기 다른 곳으로 흩어질 것이다. 어느덧 계절이 바뀌고 졸업이 빠르게 다가오고 있었다. 우리가 하는 모든 일들이 긴 작별 인사 혹은 이른 재회처럼 느껴졌다. 우리는 아직 끝나지도 않은 시간을 그리워하고 있었다.

"그렇게 어린 나이에" 할아버지가 말하고 있었다. "그렇게 험한 일을 겪다니. 잔인한 사람들 같으니라고."

수도원 학교에 가까워지자 할아버지가 깜빡이를 켰다. 나는 할아버지가 방향을 틀 때 흐르지 않도록 내 커피를 들었다.

"이것 봐라." 할아버지가 계기판의 시계를 가리켰다. "아직 2분이나 남았어."

"할아버지는 나의 영웅이에요." 내가 말했다.

"착하게 굴어." 그가 말했다. "그리고 조심해야 한다. 우리가 이교도라는 걸 수녀들이 알게 해선 안 돼."

할아버지가 싱긋 웃었다. 나는 마지막 몇 모금을 마셨다.

"알겠어요."

"예수님의 피는 내 몫으로 조금 더 마시고, 알겠지?"

나는 익살스럽게 눈을 위로 치켜뜨며 빈 컵을 내려놓았다.

차 문을 닫고 몸을 숙여 차창 안의 할아버지에게 손을 흔들었다. 할아버지 특유의 농담에 여전히 즐거워하면서. 할아버지는 근엄한 표정을 짓고 성호를 그은 다음 웃으며 차를 몰고 나갔다.

문학 시간에 우리는 유령 얘기를 했다. 유령이 실제로 존재하는지, 만약 존재한다면 ≪나사의 회전≫에 등장하는 가정교사가 생각하는 것처럼 사악한지.

"두 가지 명제가 있어요." 조세핀 선생님이 말했다. "첫째, 가정교사가 헛것을 보는 것이다. 둘째, 실제로 유령이 있다." 그러고는 돌아서서 두 문장을 칠판에 썼다. "이 두 가지 명제의 증거를 소설 속에서 찾아보세요. 내일 수업 시간에 토론합니다."

내가 손을 들었다. "저에겐 세 번째 명제가 있는데요."

"그래?"

"고용인들이 작당해서 가정교사를 속인 거예요. 아주 치밀한 속임수인 거죠."

조세핀 선생님이 미소를 지었다. "재미있는 이론이네."

"두 가지만으로도 이미 복잡한데." 메이블이 말했다. 다른 학생 몇 명이 그 말에 동의했다.

"복잡하면 더 좋지." 내가 말했다.

메이블이 내 쪽을 돌아보았다. "뭐? 복잡한 게 더 좋다고?"

"당연하지! 그게 바로 소설의 핵심이잖아. 우린 진실을 추구할 수 있고, 믿고 싶은 걸 믿을 수 있지만, 결코 확실히는 알 수 없어. 내가 장담하는데 고용인들이 가정교사에게 속임수를 쓴다는 증거도 찾을 수 있어."

조세핀 선생님이 말했다. "그 명제도 목록에 넣도록 하죠."

방과 후, 메이블과 나는 31일에 제출해야 하는 과학 숙제를 반으로 나누고, 트러블 커피가 있는 모퉁이에 내려서 우리의 놀라운 시간 관리 능력을 카푸치노 두 잔으로 축하했다.

"계속 유령들을 생각하게 돼." 밋밋한 외관에 네모난 창문이 난 파스텔 톤 집들을 지나치며 내가 말했다. "내가 좋아하는 책엔 전부 다 유령이 나와."

"기말 에세이 주제?"

내가 고개를 끄덕였다. "아직 주제를 못 정했어."

"《나사의 회전》에서 유일하게 내 마음에 드는 대목이 있다면 가정교사가 말하는 첫 문장이야." 메이블이 샌들 끈을 조이기 위해 걸음을 멈추었다.

나는 눈을 감고 얼굴에 닿는 햇살을 느꼈다. "나는 그 모든 일의 시작을 일련의 상승과 하강, 정박과 엇박의 조그만 시소로 기억

우린 괜찮아

하고 있다."

"네가 외웠을 줄 알았어."

"멋지잖아."

"난 전체가 그런 식일 줄 알았는데, 너무 혼란스럽고 핵심이 흐려지더라. 유령들은, 만약 유령들이 *실제*로 있다면 아무 짓도 안 하잖아. 그냥 불쑥 나타나서 가만히 서 있기만 하지."

우리는 집 철문을 열고 층계참으로 이어진 계단을 올라갔다. 문을 닫기도 전에 할아버지가 왔냐고 소리쳤다. 커피를 내려놓고 가방을 던진 다음 곧장 주방으로 갔다. 할아버지의 손은 밀가루 범벅이었다. 수요일은 할아버지가 가장 좋아하는 요일이었다. 과자를 만들어 줄 사람이 둘이었으니까.

"맛있는 냄새 나요." 메이블이 말했다.

"스페인어로 해보렴." 할아버지가 말했다.

"우엘레 델리시오소. 뭐예요?" 메이블이 물었다.

"초콜릿 번트 케이크. '초콜릿 번트 케이크는 맛있는 냄새가 나요' 이것도 해봐."

"할아버지." 내가 말했다. "할아버지가 또 메이블을 외국인 취급하고 있잖아요."

할아버지가 뜨끔해하며 양손을 들었다. "아름다운 언어로 하는 말을 듣고 싶어서 참을 수가 있어야 말이지."

메이블이 웃으며 한 문장을 말하고는 내가 몇 단어만 겨우 알아듣는 여러 문장들을 말했다. 할아버지는 손을 앞치마에 닦은 뒤 가슴으로 가져갔다.

"아름답구나! *에르모사!*"

이윽고 할아버지는 주방을 벗어나 무언가를 보고 멈추어 섰다. "얘들아, 좀 앉아보렴."

"이런. 소파 강좌 시간이네." 메이블이 속삭였다.

우리는 낡은 빨간색 2인용 소파에서 나란히 앉아 기다렸다. 오늘 오후의 강의 주제는 무얼까 궁금해하며.

"얘들아. 내가 *이건* 좀 짚고 넘어가야겠다." 할아버지는 테이블 위에 우리가 올려놓았던 일회용 컵 한 개를 못마땅한 표정으로 들고 있었다. "내가 어릴 땐 이런 게 없었어. *트러블 커피.* 가게에 '트러블'이라는 이름을 붙이는 사람이 대체 어디 있냐. 술집이라면 또 모를까. 커피숍 이름을 이따위로 지어? 이건 아니지. 메이블의 부모님과 나는 너희들을 좋은 학교에 보내려고 많은 돈을 쓰고 있단다. 그런데 너희는 점심을 사 먹으려고 줄을 서고 커피 한 잔에 이런 큰돈을 쓰고 있구나. 이게 얼마든?"

"4달러요." 내가 말했다.

"*4달러? 한 잔에?*" 그가 고개를 내저었다. "내가 너희들한테 유익한 조언 하나 하마. 그건 커피 한 잔 값보다 3달러나 더 받는 거야."

우린 괜찮아

"카푸치노예요."

할아버지가 냄새를 맡아보았다. "그 사람들이 이걸 뭐라고 부르건 알게 뭐냐. 우리 주방엔 아주 훌륭한 커피포트가 있고 누구나 좋아할 신선한 커피콩이 있어."

나는 심드렁한 표정을 지었지만 메이블은 노인을 공경하는 마음으로 열심히 들었다.

"기분 한번 내본 거지만" 메이블이 말했다. "할아버지 말씀이 옳아요."

"4달러라니."

"그만하세요, 할아버지. 케이크 냄새 나요. 확인해봐야 하지 않아요?"

"고 녀석 참 꾀가 말짱하네." 할아버지가 내게 말했다.

"아니에요." 내가 말했다. "배가 고픈 것뿐이에요."

나는 정말 배가 고팠다. 케이크가 식을 때까지 기다리는 건 고문이었다. 마침내 케이크가 식었고 우리는 게걸스럽게 먹어대기 시작했다.

"내 친구들 몫으로 한 조각 남겨다오." 할아버지가 애원했지만 할아버지의 친구들은 내가 아는 사람들 중 가장 식성이 까다로웠다. 학교의 여느 여자애들처럼 일주일 동안 글루텐을 멀리 하다가 먹음직스러운 음식을 보면 느닷없이 다시 먹곤 했다. 설탕과 탄수화물과 카페인과 고기와 유제품을 삼가면서도 때때로 약간의 버터를 섭취하는 건 괜찮은 모양이었다. 그러고는 스스로 규칙을 깰 때면 그 규칙에 대해 불평하곤 했다. 할아버지가 만든 디저트를 먹어보고는 너무 달다고 하기 일쑤였다.

"그분들은 케이크를 드실 자격이 없어요." 먹는 틈틈이 내가 말했다.

"우리처럼 맛있게 안 드시잖아요. 버디 할머니에게나 한 조각 보내주세요. 특급 배송으로."

"버디 할머니도 할아버지가 케이크 굽는 거 알아요?" 메이블이 물었다.

"한두 번 언급은 했을걸."

"한 입만 먹어보면 버디 할머니는 영원히 할아버지를 사랑할 텐데." 메이블이 말했다.

할아버지는 고개를 저으며 웃었다. 메이블과 나는 잔뜩 배가 불러 노곤해진 탓에 터덜터덜 뒤로 물러났고, 할아버지 친구들 중 첫 번째로 존스 할아버지가 도착했다. 한 손에는 행운을 부르는 카드 한 벌을 들고 다른 손에는 지팡이를 짚고서.

나는 곧바로 인사를 건넸다.

"아그네스가 화요일에 또 손을 수술한단다." 존스 할아버지가 내게 말했다.

"혹시 제가 도울 일 있어요?"

"사만다가 미용실을 며칠 쉬겠대."

"들러서 인사라도 해야겠어요."

사만다 이모는 존스 할아버지와 아그네스 할머니의 딸이다. 내가 여덟 살 때 할아버지가 병원에 입원하는 바람에 몇 달을 같이 지냈던 기억이 있다. 그들은 나를 잘 돌봐주었다. 매일 학교에 데려다주고 데리러왔으며, 할아버지가 집으로 돌아온 후에도 새 처방전을 받아다 주고 먹을 것이 떨어지지 않도록 우릴 챙겨주었다.

"널 보면 무척 반가워할 거다."

"그럼 이만." 내가 말했다. "우린 바닷가에 가요. 돈 잘 지키세요."

메이블과 나는 바닷가까지 네 블록을 걸었다. 우리는 도로와 백사장이 만나는 지점에서 샌들을 벗어 손에 들었다. 해초, 초록색과 적갈색 채송화의 조각보 사이를 걸어 모래 언덕으로 올라갔다. 우리는 바다와 적당한 거리를 두고 자리를 잡았다. 회색과 흰색이 섞인 세가락도요 한 무리가 부리로 바닥을 쪼고 있었다. 얼핏 아무도 없는 것 같아 보였지만 좀 더 기다려 봐야 한다는 걸 알고 있었다. 머지않아 그들이 보였다. 저 멀리, 파도를 잡으려 보드에 오르는 서퍼들. 우리는 지평선을 배경으로 그들이 오르락내리락하는 모습을 지켜보았다. 그렇게 한 시간이 흘렀고 우리는 그들을 자주 놓쳤지만 매번 다시 찾았다.

"나 추워." 안개가 내릴 때쯤 메이블이 말했다.

우리의 몸 한 면이 서로 닿도록 바짝 다가앉았다. 메이블이 손을 내밀었고 나는 따뜻해질 때까지 그 손을 문질렀다. 메이블은 집에 가고 싶어 했지만 서퍼들이 아직 바다에 있었다. 서핑 슈트를 입어 청록색과 황금색으로 반짝이는 팔 밑에 보드를 끼고 그들이 뭍으로 내려올 때까지 우리는 자리를 지켰다. 나는 그들 중한 명이 나를 알아보는지 기다렸다.

그들이 다가왔다. 남자 하나와 여자 하나였고, 내가 그 아이가 맞는지 보려고 둘 다 눈을 가늘게 떴다.

"안녕, 마린." 남자가 말했다.

나는 손을 들었다.

"마린, 너한테 줄 게 있어." 여자가 배낭에서 조개껍데기 하나를 꺼냈다. "클레어가 가장 좋아했던 거야." 여자는 조개껍데기를 내 손바닥에 꽉 쥐어주었다.

두 사람이 우리를 지나쳐 주차장으로 향했다.

"내가 어떤 주제로 글을 쓸 건지 너 아직 안 물어봤어." 메이블이 말했다.

조개껍데기는 큼직하고 분홍색에 물결무늬가 있었다. 내 침실의 유리병 세 개가 이런 조개들로 채워졌고 전부 선물받은 것들이었다. 나는 메이블이 내민 손 위로 조개껍데기를 떨어뜨렸다.

"제인 에어. 플로라와 마일스[1]. 기본적으로 《자비》[2]에 등장하는 모든 아이들." 메이블은 엄지손가락으로 조개껍데기의 문양을 만져본 뒤 다시 돌려주었다. 그리고는 나를 보며 말했다. "고아들."

할아버지는 엄마 얘기를 한 적이 없지만 그럴 필요도 없었다. 서핑용품 가게에 들르거나 새벽녘에 바닷가에 나오기만 하면 되니까. 그러면 말러스크[3] 셔츠를 공짜로 얻거나 차가 담긴 보온병이 생겼다. 내가 어렸을 땐 엄마의 오랜 친구들이 날 끌어안거나 머리카락을 쓰다듬곤 했다. 백사장에서 내가 다가가면 눈을 가늘게 뜨고 날 쳐다보다가 오라고 손짓했다. 나는 그들의 이름을 다 알진 못했지만 그들 모두가 내 이름을 알았다.

파도를 타는 데 일생을 바친 사람이라면, 바다가 냉혹할 뿐 아니라 자신보다 수백만 배 강하다는 걸 알기 마련이다. 그럼에도 여전히 자신이 거기서 살아남을 정도로 노련하고 용감한 불사신이라고 생각하는 사람이라면, 거기서 살아남지 못한 사람들에게 마음의 빚을 지게 되는가 보다. 항상 누군가는 죽는다. 단지 누가, 언제 죽느냐의 문제일 뿐. 그들은 노래로, 조개껍데기와 꽃과 해변 유리 조각들의 사원으로, 한 팔로 여자의 딸을 끌어안는 것으로, 그리고 나중에는 자신의 딸에게 여자의 이름을 붙여주는

---

1) 《나사의 회전》에 등장하는 주인공 남매.
2) 미국의 작가 토니 모리슨이 1980년대 발표한 소설로 식민지 시대 아메리카 대륙을 배경으로 하고 있다.
3) 비치웨어와 서핑용품을 판매하는 전문 브랜드.

것으로 여자를 기억한다.

사실 엄마는 바다에서 죽지 않았다. 라구나 혼다 병원에서 머리가 찢어지고, 폐에 물이 가득 찬 상태로 죽었다. 그때 나는 세 살이었다. 때로는 그 따스함을 기억할 수 있을 것도 같다. 그 친밀감을. 어쩌면 누군가의 팔에 안긴 것 같은 느낌을. 내 뺨에 닿는 보드라운 머리카락을.

아빠에 대한 기억은 전혀 없다. 아빠는 여행가였고 엄마가 임신 테스트를 하기도 전에 오스트레일리아의 어딘가로 돌아가 있었다. "네 애비가 널 알았다면," 내가 어렸을 때 할아버지는 이렇게 말하곤 했다. "보물처럼 아꼈을 텐데."

나에게 그 슬픔은 단순한 것이었다. 정적. 복도에 걸린 클레어의 사진 한 장. 나는 가끔 그 사진을 보는 할아버지의 모습을 보았다. 가끔은 나도 그 사진 앞에 몇 분씩 서서, 엄마의 얼굴과 몸을 쳐다보곤 했다. 엄마에게 내 모습이 있는지 찾아보면서. 아마도 나는 엄마 근처에서 모래 장난을 하거나 담요 위에 누워있을 거라고 상상하면서. 내가 스물두 살이 되면 내 미소가 그와 비슷하게 예뻐질까 궁금해 하면서.

한번은 수도원 학교 상담 시간에 선생님이 할아버지에게 물었다. 할아버지와 내가 엄마에 대한 애기를 나눈 적이 있냐고. "죽은 자를 기억하는 것이야말로 상처를 치유하는 유일한 방법이죠."

할아버지의 눈에서 반짝임이 사라졌다. 입은 직선이 되었다.

"혹시나 해서 일깨워 드렸어요." 선생님이 조금 더 낮은 목소리로 덧붙이더니 나의 무단결석 문제로 돌아가기 위해 컴퓨터 화면 쪽으로 고개를 돌렸다.

"수녀님." 낮고 분노에 찬 목소리로 할아버지가 말했다. "난 마흔 여섯 살인 아내를 잃었습니다. 스물네 살인 딸을 잃었고요. 그런데 수녀님이 제게 그들을 기억하라고 일깨워 주시는 겁니까?"

"딜레이니 씨." 선생님이 말했다. "그런 아픔을 겪으셨다니 정말 유감입니다. 두 번의 아픔 모두요. 부디 치유되시길 기도할게요. 하지만 전 마린이 걱정되네요. 딜레이니 씨가 그 기억을 *마린과* 나누었으면 합니다."

몸이 굳었다. '학업 성취도'가 우려된다는 이유로 이곳에 불려 왔지만 나는 전 과목을 A 또는 B를 받았다. 그런데도 그들은 내가 한두 번 수업을 빼먹은 것만 기억했다. 나는 비로소 이 상담이 문학 시간에 내가 쓴 글 때문임을, 사이렌[4]들의 손에 자란 소녀에 관한 글 때문임을 깨달았다. 소녀의 어머니를 죽여 죄책감에 사로잡힌 사이렌들이 어머니 이야기를 들려주고 소녀가 최대한 생생하게 어머니를 느낄 수 있도록 돕지만, 소녀에겐 그들이 결코 채워줄 수 없는 공허감이 남아있다는 내용이었다. 소녀는 항상 엄마가 궁금했다.

---

4) 고대 그리스 신화에 나오는 존재. 여자의 모습을 하고 바다에 살면서 아름다운 노랫소리로 선원들을 유혹하여 위험에 빠뜨렸다고 알려져 있다.

지어낸 이야기일 뿐이었지만, 상담실 의자에 앉아있는 동안 좀 더 신중했어야 했다는 생각이 들었다. 숲에서 아버지를 잃고 늑대 품에서 자란 소년의 이야기를 썼어야 했다. 조금 덜 투명한 이야기를. 교사들은 항상 모든 걸 일종의 구조요청으로 여기니까. 조세핀 선생님처럼 젊고 다정한 수녀라면 더더욱.

선생님이 내 글 얘기를 꺼내기 전에 화제를 바꾸어야 했다. "수업 빼먹은 거 정말 죄송해요." 내가 말했다. "제 생각이 짧았어요. 노는 데 정신이 팔려서 그만."

선생님이 고개를 끄덕였다.

"다시는 이럴 일 없을 거라고 믿어도 될까?" 선생님이 물었다. "학교에 있는 시간 전후로도 시간이 있잖아. 점심시간, 저녁시간, 주말. 네 시간의 대부분을 너와 할아버지가 마음대로 쓸 수 있어. 하지만 수업 시간만큼은 네가……."

"수녀님." 할아버지가 말했다. 우리 얘기를 전혀 듣지 않은 것처럼 목소리가 거칠었다. "수녀님도 고통스러운 일들을 겪으셨겠지요. 예수님과 결혼했다 한들 삶의 현실로부터 항상 안전할 수는 없었겠지요. 이제 잠시 그 끔찍한 일들이 기억나도록 제가 일깨워 드리겠습니다. 어디, *치유*가 좀 된 것 같은가요? 우리에게 그 얘기를 들려주시죠. 그럼 기분이…… 기분이 *한결 더* 나아지지 않을까요? 이렇게 하면 애정으로 충만해 집니까? 환희에 찹니까?"

우린 괜찮아

"딜레이니 씨, 제발요."

"구원의 이야기로 우릴 현혹하고 싶으신가요?"

"좋습니다. 무슨 말씀이신지 알겠―."

"이제 우릴 위해 환희의 노래를 불러주시겠습니까?"

"언짢으셨다면 사과드릴게요. 하지만 이건―."

할아버지가 가슴을 앞으로 내밀며 일어섰다.

"네." 그가 말했다. "이건 너무도 부적절한 처사입니다. 배우자와 자식의 죽음에 대해 수녀가 조언한다는 것 자체가 부적절해요. 마린의 성적은 훌륭합니다. 마린은 훌륭한 학생이에요." 선생님은 꼿꼿한 표정으로 의자에 등을 기댔다. "그리고 마린은" 할아버지가 의기양양한 목소리로 말했다. "나하고 같이 집에 갑니다!"

할아버지가 돌아서서 문을 열었다.

"안녕히 계세요." 나는 최대한 미안해하는 표정으로 말했다.

할아버지가 밖으로 뛰쳐나갔다. 나는 뒤쫓아 갔다.

집으로 돌아가는 길에 할아버지가 알고 있는 수녀에 관한 농담들이 전부 나오는 원맨쇼가 펼쳐졌다. 나는 할아버지가 더 이상 날 필요로 하지 않을 때까지 모든 결정타에 웃었다. 그것은 독백이었다. 쇼가 끝나자 내가 버디 할머니 소식을 물었고 할아버지가 미소를 지었다.

"편지를 두 통 쓰면 두 통을 받는 법." 할아버지가 말했다.

그 순간 수업 시간에 내가 쓴 글을 읽고 눈물을 글썽이던 조세핀 선생님의 모습이 떠올랐다. 나의 용기가 기특하다는 말도. 그렇다. 어쩌면 완전히 지어낸 얘기는 아닐지도 모른다. 어쩌면 사이렌들은 소녀에게 조개껍데기를 주었고 그것들이 소녀의 바다 밑 방을 채웠을지도. 어쩌면 그 글은 조금 더 알고 싶은 내 마음 한 편에서 온 건지도. 꾸며냈을지 모르는 느낌이 아닌, 진짜 기억을 갖고 싶은 내 마음에서 온 건지도.

제4장

메이블은 우리 방으로 미루어 짐작할 수 있는 한나의 모든 것을 최대한 파악하는 중이다. 책상 위에 쌓여있는 보고서 무더기, 깔끔하게 정돈된 침대. 사인한 브로드웨이 공연 포스터와 밝고 폭신한 이불.

"어디 출신이야?"

"맨해튼."

"이거 진짜 예쁜 파란색이다." 우리의 침대 사이에 놓인 페르시아 양탄자를 바라보며 메이블이 말한다. 오래 쓴 티가 날 정도로 낡았지만 여전히 발에 닿는 감촉이 보드랍다.

그다음엔 게시판 앞에 서서 사진 속의 애들에 대해 묻는다. 우리와 같은 복도의 방에 사는 메간. 여전히 친구 사이로 지내는 메간의 전 남자친구 데이비스. 내가 이름을 기억하지 못하는 메간의 고향 친구들.

"앤 명언을 좋아하는구나." 메이블이 말한다.

내가 고개를 끄덕인다. "책을 많이 읽어."

"이 에머슨 명언은 어딜 가나 있더라. 냉장고 자석에서 봤어."

"어떤 거?"

"하루를 마치면 그걸로 잊어라. 너는 네 할 일을 했다. 약간의 실수와 어리석음은 피할 수 없었다. 최대한 빨리 그것들을 잊어라."

"왜 그런지 알 것 같아. 이런 말이 필요하지 않은 사람이 어디 있겠어?"

"그렇겠네." 메이블이 말한다.

"한나는 실제로 성격이 그래." 내가 말한다. "모든 일을 그냥 그러려니 해. 한나는 약간…… 직설적인 편인 것 같아. 하지만 좋은 쪽으로. 현명하고 따스한 방식으로."

"그래서 한나를 좋아하는구나."

"응. 많이 좋아해."

"다행이네." 그 말이 진심인지는 알 수 없다. "좋아, 그럼 이제 네 쪽으로 넘어가 보자. 이건 무슨 식물이야?"

"페퍼로미아. 캠퍼스에서 식물 판매 행사할 때 샀는데 세 달째

우린 괜찮아

살려두고 있어. 대단하지 않아?"

"대단하네."

"내 말이."

우리는 서로를 보며 미소 짓는다. 우리 사이가 거의 자연스럽게 느껴진다.

"이 그릇들 예쁘다." 내 쪽 창틀에서 그릇 한 개를 집어 들며 메이블이 말한다.

벽장 안에 넣어둔 엄마의 사진을 제외하면 그 그릇들이 내가 가진 가장 좋은 물건이다. 너무 밝지 않은 완벽한 명도의 노란색 그릇들. 나는 그 그릇들이 어디서 왔고 누가 만들었는지 알고 있다. 나는 그 그릇들이 견고해서 좋고, 진흙의 묵직함을 느낄 수 있어서 좋다.

"우리 학교 역사학 교수가 강의 초기에 윌리엄 모리스라는 사람에 관해 얘기를 했어. 그 사람이 우리가 가진 모든 물건들이 쓸모 있거나 아름다워야 한다고 했대. 완전히 공감할 수는 없지만, 그래도 한번 시도해 볼까 하는 생각이 들더라. 이틀 뒤에 어느 도예가의 공방에서 이걸 보고 바로 샀어."

"너무 예쁘다."

"그릇이 모든 걸 특별하게 만들어. 시리얼이나 라면까지도." 내가 말한다. "그게 내 주식이거든."

"핵심 영양소네."

"넌 학교에서 뭘 먹어?"

"우리 기숙사는 달라. 미니 아파트 같아. 방이 세 개고 거실과 주방은 공용이야. 여섯 명이 같이 쓰고 있어서 음식을 대량으로 자주 만들어. 내 룸메이트는 최고의 라자냐를 만들 줄 알아. 어떻게 그렇게 맛있게 만드는지. 병에 든 소스랑 조각 치즈를 쓰는데 말이야."

"그래도 한 가지 장점은 있네."

"무슨 말이야?"

날 포기하기 전에 메이블은 룸메이트가 마음에 안 드는 이유들을 줄줄이 나열하곤 했다. 음악 취향이 형편없고, 큰 소리로 코를 골고, 연애를 요란하게 하고 방을 지저분하고 흉측하게 꾸며놓는다고. *네가 나와 같이 화창한 캘리포니아 남부에 오지 않은 이유가 뭐라고 했지? 제발! 와서 얠 없애버리고 얘 신분을 훔쳐 줘!*

"아." 그 기억을 떠올리며 메이블이 말한다. "맞아. 그건 한참 전 얘기야. 이젠 좋아졌어." 메이블은 또 얘기할 물건이 있는지 둘러보지만, 내 물건은 화분과 그릇이 전부다.

"물건을 좀 더 들여놓을 생각이야." 내가 말한다. "그 전에 일자리를 찾아야겠지만."

메이블의 얼굴에 걱정이 스친다. "너 혹시……? 내가 왜 그 생

우린 괜찮아

각을 못 했는지 모르겠다. 너 돈은 있어?"

"응." 내가 말한다. "걱정 마. 돈을 좀 남겨주셨어. 많진 않지만 당장은 괜찮아. 그래도 신경 써야지."

"학비는?"

"올해 학비는 할아버지가 이미 냈어."

"그럼 앞으로 3년은 어쩔 거야?"

이런 건 얘기하기 어려운 대목이 아니었다. 이 대목은 쉬웠다. "상담 교사가 방법을 찾아 보자고 했어. 대출이나 학비 보조, 장학금 등등. 내가 잘만 하면 방법은 있을 거래."

"그렇구나." 메이블이 말한다. "다행이다."

그러나 여전히 근심어린 표정이다.

"그래서 넌." 내가 말한다. "여기 사흘 동안 있을 거지?"

메이블이 고개를 끄덕인다.

"내일이나 모레는 버스 타고 상가에 나가 보자. 별건 없지만 이 그릇을 산 공방이 있고 레스토랑도 있고 다른 상점도 몇 개 있어."

"그래, 재밌겠다."

아직은 본래 모습으로 돌아가지 못한 채, 메이블은 양탄자를 바라보고 있다.

"마린." 메이블이 말한다. "실은 내가 여기 온 건 어떤 목적이 있어서야. 그냥 놀러온 게 아니야."

가슴이 철렁하지만 들키지 않으려 애쓴다. 그저 기다린다.

"나하고 같이 가자." 메이블이 말한다. "부모님이 너하고 같이 오래."

"왜? 크리스마스 보내러?"

"응, 크리스마스 보내러. 그리고 그 이후에도 계속. 물론 넌 다시 이곳으로 돌아와야 하겠지만 방학 때는 우리 집에 와 있어도 된다고. 이제 우리 집이 너의 집도 되는 거야."

"아." 내가 말한다. "네가 목적이 있어서 왔다고 했을 때 난 다른 걸 생각했어."

"어떤 거?"

"나도 모르겠어."

더 이상 날 보고 싶지 않다고 말할 거라 생각했다는 말은 차마할 수가 없었다. 메이블은 지금 나를 더 많이 자주 보고 싶다고 말하고 있었다.

"같이 갈 거지?"

"그렇게는 못 할 것 같아."

메이블이 놀라서 눈썹을 치켜 올린다. 나는 그 얼굴에서 고개를 돌릴 수밖에 없다.

"내가 갑자기 너무 무리한 부탁을 했나보다. 일단 크리스마스로 시작하자. 나랑 같이 비행기 타고 가서 며칠 보내면서 생각해

보는 거야. 네 비행기 값은 우리 부모님이 대줄 거야."

나는 고개를 젓는다. "미안해."

메이블은 이런 반응을 예상하지 못했다. 이게 아닌데. "사흘 동안 내가 널 설득할 수 있으니까 그냥 생각이라도 해 봐. 아직 거절 안 했다고 치자. 너 아직 대답 안 한 거야."

나는 고개를 끄덕이지만 알고 있다. 아무리 그러고 싶어도 내가 그곳으로 돌아가는 건 불가능하다는 걸.

메이블은 한나의 공간으로 건너가서 다시 훑어본다. 더플백의 지퍼를 열고 그 속을 뒤진다. 그러더니 다시 창가로 간다.

"다른 풍경도 볼 수 있어." 내가 말한다. "꼭대기 층에서. 진짜 예뻐."

우리는 엘리베이터를 타고 꼭대기 층으로 올라간다. 메이블과 함께 내리면서 이곳이야말로 ≪나사의 회전≫의 가정교사가 유령을 만났을 법한 곳이라고 생각한다. 그러나 더 이상은 소설을 생각하지 않으려 애쓴다. 유령들 얘기라면 더더욱.

꼭대기 층 창문에서는 캠퍼스의 나머지 전경이 보인다. 여기오면 얘기가 좀 더 수월해 질 거라고 생각했다. 볼거리가 더 많을 테니까. 그러나 나의 혀는 여전히 굳어 있고 메이블은 여전히 조용하다. 아마 화가 난 거겠지. 메이블의 어깨를 보면 알고 나를 쳐다보지 않는 걸 보면 안다.

"저 사람 누구야?" 메이블이 묻는다.

나는 메이블이 손으로 가리키는 저만치의 누군가를 본다. 한 점의 불빛.

"관리인." 내가 말한다.

우리는 점점 더 가까워지는 그를, 몇 걸음마다 한 번씩 웅크리고 앉는 그를 본다.

"산책로에서 뭘 하는 거지." 메이블이 말한다.

"그러게. 뭐하는 건지 궁금하다."

우리가 있는 기숙사 건물 입구에 다다르자 그가 뒤로 물러서서 고개를 든다. 그가 우리 쪽으로 손을 흔든다. 우리도 손을 흔든다.

"서로 아는 사이야?"

"아니." 내가 말한다. "하지만 내가 여기 있다는 걸 저 사람이 알아. 내 안부를 확인하는 책임을 맡은 것 같아. 아니면 내가 학교에 불을 지르거나 여기서 광란의 파티를 열지 않는지 확인하는 책임을 맡았거나."

"둘 다 픽도 있을 법한 일이다."

나는 미소를 지을 수가 없다. 밖은 어둡고 이곳은 환하다는 걸 아는데도 그가 우리를 볼 수 있다는 게 믿기 힘들다. 우리는 투명 인간이어야 하는데. 오직 우리뿐이어야 하는데. 메이블과 나는 옆에 서 있지만 서로를 볼 수가 없다. 저 멀리 시내의 불빛들이 보

우린 괜찮아

인다. 사람들이 일을 마치고, 아이들을 태우고, 저녁 먹을 궁리를 할 것이다. 편안한 목소리로 아주 중요한 일들과 별로 중요하지 않은 일들에 대해 얘기할 것이다. 우리와 그런 삶 사이의 간극은 결코 좁혀질 수 없을 것만 같다.

관리인이 트럭에 올라탄다.

"엘리베이터 타기가 무섭더라." 내가 말한다.

"무슨 소리야?"

"네가 여기 오기 전에 상점에 가려고 엘리베이터를 타려다가, 내가 그 안에 갇혀도 아무도 모를까 봐 무섭더라고. 네가 도착했는데 나한테 연락도 안 되고 그럴까 봐."

"엘리베이터가 가끔 고장 나?"

"모르겠어."

"고장 났다는 얘기 들은 적 있어?"

"아니. 그래도 오래됐거든."

메이블이 내게서 돌아서서 엘리베이터 쪽으로 간다. 나는 그 뒤를 따라간다.

"너무 멋지다." 메이블이 말한다.

이 건물이 전반적으로 그런 것처럼 세심한 부분까지 섬세한 세공이 들어가 있다. 잎사귀 문양이 들어간 청동 장식과 문 위쪽 소용돌이무늬 석고 장식. 캘리포니아의 건물들은 이렇게 오래되지 않았다. 나는 단순한 선에 익숙하다. 지면 가까이 있는 것에 익숙하다. 메이블이 버튼을 누르자 마치 우릴 기다리고 있었다는 듯 문이 열린다. 나는 철문을 열고 나무 패널 벽과 샹들리에 불빛이 있는 엘리베이터 안으로 들어선다. 문이 닫힌다. 우리는 오늘 세 번째로 같은 공간에 있지만, 처음으로 이 순간에 함께 머문다.

그런데 내려가는 도중 메이블이 손을 뻗어 제어판의 버튼을 누른다. 갑자기 엘리베이터가 멈춘다.

"뭐 하는 거야?"

"어떤 느낌인지 보려고." 메이블이 말한다. "너한테 도움이 될 수도 있어."

내가 고개를 젓는다. 이건 하나도 재미없다. 관리인은 우리가 잘 있다는 걸 확인한 뒤 차를 몰고 가버렸다. 그가 슬슬 우리 걱정을 할 때까지 며칠 동안 여기 갇힐 수도 있다. 나는 제어판으로 손을 뻗어 다시 작동하게 할 버튼을 찾는다. 그러자 메이블이 말한다. "버튼은 여기 있어. 원하면 아무 때나 누를 수 있어."

"지금 누르고 싶어."

"정말?"

메이블은 날 놀리는 게 아니다. 이건 진짜 질문이다. 정말 그렇게 빨리 다시 움직이길 원하는지. 정말 다시 3층으로, 내 방 외에는 달리 갈 곳도 없는 그곳으로, 원래 있던 것 말고는 아무것도 없는 그곳으로, 새로운 편안함도 새로운 이해도 없는 그곳으로 돌아가고 싶은지.

"그러고 보니 아닌 것 같기도 해."

"너희 할아버지 생각 많이 했어." 메이블이 말한다.

우리는 각자 다른 벽에 기대어 몇 분째 엘리베이터 바닥에 앉아있다. 우리는 버튼의 세공에 대해, 샹들리에의 크리스털에서 나오는 굴절된 빛에 대해 얘기한다. 우리의 어휘력 범위 내에서 목재의 이름을 찾아보고 마호가니로 합의를 본다. 메이블은 이제 좀 더 중요한 문제로 옮겨갈 때가 되었다고 생각하는 것 같다.

"너희 할아버지 진짜 귀여웠는데."

"귀여웠다고? 아니."

"아, 미안. 너무 건방지게 들렸겠다. 난 그 안경 말한 거였어! 팔꿈치를 기운 스웨터하고! 소매가 너무 닳아서 진짜로 기웠잖아. 정말 좋은 분이었어."

"무슨 말인지 알아." 내가 메이블에게 말한다. "그리고 난 그렇지 않다고 말하는 거야."

내 목소리에 날이 선 것을 메이블이 놓칠 리 만무하지만 나는 미안하지 않다. 할아버지를 생각할 때마다 가슴속에 시커먼 구멍이 생기고 숨 쉬는 것조차 힘들어진다.

"알았어." 메이블의 목소리가 조금 더 작아진다. "내가 말을 제대로 못하고 있구나. 내가 하려던 말은 그게 아닌데. 할아버지를 사랑했다고 말하고 싶었어. 할아버지가 그립다고. 네가 느끼는 감정에 비하면 보잘 것 없겠지만, 나도 할아버지가 그립고, 너 말고도 할아버지를 생각하는 사람이 있다는 걸 알려주고 싶었어."

나는 고개를 끄덕인다. 그것 말고 무얼 할 수 있을까. 머릿속에서 할아버지를 지워내고 싶다.

"장례식이 있었더라면 좋았을 텐데." 메이블이 말한다. "부모님하고 난 계속 장례식 소식을 기다렸어. 비행기 표를 끊을 날만 기다렸다고." 이제 메이블의 목소리에도 날이 선다. 아마도 내가 적절하게 대처하지 않았기 때문이고, 할아버지와 내가 서로의 유일한 혈육이었기 때문일 것이다. 메이블의 부모님이 장례식 준비를 돕겠다고 했지만 내가 그들에게 연락하지 않았다. 조세핀 선생님도 전화를 했지만 내가 무시했다. 존스 할아버지가 나에게 음성메시지를 남겼지만 내가 듣지 않았다. 평범한 사람처럼 애도하는 대신, 나는 뉴욕으로 도망쳤다. 기숙사가 개방되려면 2주나 있어야 했는데도. 나는 모텔에 머물며 하루 종일 텔레비전을 틀어놓았다. 24시간 영업하는 식당에서 매 끼니를 때웠고 계획 비슷한 것조차 없었다. 전화벨이 울릴 때마다 그 소리에 온몸의 뼈가 흔들렸다. 그러나 전화기를 꺼놓는 순간 나는 완전히 혼자였고, 나

우린 괜찮아

는 할아버지가 전화해 주기를, 그리고 아무 일도 없다고 말해주기를 기다렸다.

나는 할아버지의 유령이 두려웠다.

그리고 그런 나 자신이 역겨웠다.

머리까지 담요를 뒤집어쓰고 잤고 햇살 속으로 나설 때마다 눈이 멀 것 같았다.

"마린." 메이블이 말한다. "난 내가 얘기할 때 억지로라도 네가 얘기하게 하려고 이 먼 길을 왔어."

텔레비전에서 연속극이 방영중이다. 자동차 대리점, 종이 타월, 주방 세제 광고. *주디 판사* 그리고 *제랄도*. 그리고 얼웨이즈, 도브, 스위퍼 광고. 녹음된 웃음소리. 클로즈업된 눈물로 얼룩진 얼굴들. 셔츠 단추를 푸는 모습, 웃음. 이의 있습니다, 판사님. 인정합니다.

"네가 휴대폰을 잃어버렸을 거라고 생각했어. 내가 스토커가 된 것 같은 기분이 들더라. 그 많은 전화와 이메일과 문자 메시지들. 너하고 연락하려고 내가 얼마나 애썼는지 네가 알기나 해?" 메이블의 눈에 눈물이 고인다. 씁쓸한 웃음이 새어나온다. "참 한심한 질문이네." 메이블이 말한다. "당연히 알겠지. 넌 전부 봤지만 대답을 안 하기로 작정한 거니까."

"뭐라고 대답해야 할지 모르겠어서." 내가 중얼거린다. 내가 듣

61

기에도 너무 가당찮은 말이다.

"어쩌다 그런 결론에 도달했는지 말해봐. 대체 내가 너한테 뭘 어쨌다고 네가 그런 전략을 구사하게 된 건지 계속 궁금했어."

"전략적인 행동은 아니었어."

"그럼 뭐였어? 그동안 난 이렇게 내 자신을 설득했어. 지금 네가 겪고 있는 일이 나와 말을 안 하는 것보다 더 큰일이라고. 그렇게 생각하면 납득이 갈 때도 있어. 하지만 가끔 그래도 이해가 안 가."

"할아버지 일은……" 내가 말한다. "그해 여름이 끝날 무렵 일어난 일들은…… 네가 아는 게 다가 아니야."

이 말을 하기가 이렇게 힘들다니, 놀라울 뿐이다. 말이란 건 사실 아무것도 아닌데. 나는 그 사실을 알고 있다. 그러나 나는 말을 하는 것이 두렵다. 그간의 치유에도 불구하고, 온갖 방법을 동원하여 마음을 추슬렀음에도 불구하고, 나는 한 번도 이 말을 입밖에 낸 적이 없기 때문이다.

"듣고 있어." 메이블이 말한다.

"난 떠나야 했어."

"넌 그냥 사라져 버렸어."

"아니. 사라진 게 아니야. 여기로 온 거지."

맞는 말이지만, 진실은 그 말보다 더 깊은 곳에 있다. 그 말이 옳다. 메이블이 로스앤젤레스로 떠나기 전 메이블과 포옹하며 작

우린 괜찮아

별 인사를 했던 그 애를 말하는 거라면. 그 여름의 마지막 모닥불 앞에서 메이블과 손가락을 깍지 끼었던 애, 잘 모르는 사람들에게서 조개껍데기를 받던 그 애를 말하는 거라면. 할아버지와 함께 선셋의 분홍색 임대료 동결 주택5) 에 살던 그 애를 말하는 거라면. 때때로 케이크 냄새가 나고, 도박하는 노인들의 냄새가 나던 집에 살던 그 애를 말하는 거라면. 만약 메이블이 그 애를 말하는 거라면, 그렇다. 나는 사라졌다.

그러나 그런 식으로 보지 않는 편이 훨씬 간단했고 그래서 나는 이렇게 덧붙인다. "난 줄곧 여기 있었어."

"널 만나려고 5000킬로미터를 날아와야 했어."

"와줘서 기뻐."

"기뻐?"

"응."

내 말이 진심인지 확인하려는 듯 메이블이 나를 본다.

"응." 나는 한 번 더 대답한다.

메이블이 머리카락을 귀 뒤로 넘긴다. 나는 메이블을 지켜본다. 너무 자세히 보지 않으려 애쓴다. 메이블은 조금 전에 내가 자기 목도리와 모자를 들고 있던 걸 모른 척할 정도로 다정하다. 굳이 나의 운을 시험해 볼 필요는 없다. 그러나 다시 한번 그 사실이 나를 세게 때린다. *메이블이 여기 있다.* 손가락, 짙은 색의 긴

5) 집주인이 임대료를 올리지 못하도록 정부에서 법으로 규제하는 주택.

머리카락. 분홍색 입술과 검은 속눈썹. 심지어 잠잘 때조차 절대 빼는 법이 없는, 저 금귀고리.

"알았어." 메이블이 말한다.

버튼을 누르자 몇 분간 정지해 있던 엘리베이터가 움직인다.

아래로, 아래로. 내가 내려갈 준비가 됐는지는 잘 모르겠다. 그러나 우리는 어느덧 3층에 다다른다. 메이블과 나는 동시에 문으로 손을 뻗고, 우리의 손이 서로 닿는다.

내가 어쩔 줄 모르는 사이 메이블이 손을 거둔다.

"미안." 메이블은 손을 거둔 것에 대해 사과하는 게 아니다. 우연히 손이 닿은 것에 대해 사과하는 것이다.

우리는 늘 서로의 몸에 닿았다. 심지어 우리가 서로를 제대로 알기 전에도. 우리의 첫 대화는 내가 손톱을 금색으로 칠하고 그 위에 은색 달을 그렸을 때 메이블이 내 손을 잡으면서 시작되었다. 존스 할아버지의 딸 사만다 이모는 미용실을 운영하고 있었고 새로 고용한 직원에게 내 손에 연습을 해보게 했다. 나는 거기서 매니큐어를 받으면 할인을 받을 수 있을 거라고 메이블에게 말했다.

메이블이 말했다. "그냥 *네가* 해주면 안 돼? 별로 어려울 것도 없잖아." 그래서 우리는 방과 후 월그린스에 가서 매니큐어를 샀고, 라파예트 공원에 앉아 내가 메이블의 손톱을 엉망으로 만들

우린 괜찮아

어 놓는 바람에 몇 시간을 웃었다.

메이블이 앞장서고, 거의 내 방 문 앞에 다다른다.

잠깐.

아직 별로 달라진 게 없다.

"우리가 처음 놀던 날 기억해?" 내가 묻는다.

걸음을 멈추고 나를 돌아본다.

"공원에서?"

"응." 내가 말한다. "네가 내 매니큐어 마음에 든다고 해서 내가 네 손톱 칠해줬는데, 완전 망했잖아."

어깨를 으쓱한다. "그렇게 나빴던 기억은 없는데."

"맞아. 그날이 나빴던 건 아니었어. 매니큐어 바르는 내 솜씨가 나빴지."

"그때 재밌었어."

"진짜 재밌었지. 덕분에 친구가 되었으니까. 넌 내가 매니큐어를 잘 칠할 거라고 생각했는데 완전 망쳤잖아. 그래도 엄청 웃었고 그때 모든 게 시작됐어."

메이블이 문간에 기대어 선다. 복도 쪽을 바라본다.

"모든 게 시작된 건 문학 수업 첫 시간이었어. 존 신부님이 어떤 한심한 시를 해석해 보라고 했는데, 네가 손을 들더니 너무 똑 부러지게 설명하니까 갑자기 그 시가 더 이상 한심해 보이지 않는 거야. 그때 너야말로 내가 친해지고 싶은 애란 걸 알았어. 그런데 그때만 해도 어떤 애가 똑똑한 말을 하면 그 얘길 하면서 친구가 되고 싶다고 말하면 된다는 걸 몰랐거든. 그래서 너하고 얘기할 구실을 찾았고, 어느 날 찾게 된 거지."

메이블은 그런 얘기를 한 적이 없었다.

"매니큐어 때문이 아니었어." 메이블이 말한다. 말도 안 된다는 듯 고개를 젓는다. 그게 지금까지 내가 알고 있는 유일한 버전의 이야기인데도. 메이블이 돌아서서 방으로 들어간다.

"저녁으론 뭘 먹었어?" 메이블이 묻는다.

나는 책상을 가리킨다. 전기 주전자가 라면 봉지들 옆에 놓여 있다.

"그럼 그거 먹자."

"먹을 거 사왔어." 내가 말한다. "주방을 사용할 수 있어."

메이블이 고개를 젓는다.

"오늘 너무 힘들었어. 라면으로 충분해."

무척 지친 목소리다. 나한테 지치고 내가 말을 하지 않아서 지쳤나 보다.

나는 언제나처럼 욕실 세면대에서 물을 받고 책상 위 전기 주전자의 전원을 꽂은 다음 노란 그릇들을 그 옆에 놓는다. 또 한 번의 기회가 주어진다. 나는 할 말을 생각해 내려 애쓴다.

그러나 메이블이 선수를 친다.

"너한테 할 얘기 있어."

"응."

"학교에서 어떤 애를 만났어. 이름은 제이콥이야."

놀란 표정을 숨길 수 없다.

"언제?"

"한 달 전에. 네가 무시했던 내 900번째 문자와 전화 알지?"

나는 고개를 돌린다. 주전자를 확인해 보는 척하면서.

"문학 수업 같이 들어. 난 걔가 참 좋아." 한결 부드러워진 목소리로 메이블이 말한다.

나는 김이 나올 때까지 주전자를 쳐다보다가 묻는다. "걔가 나에 대해 알아?"

메이블은 대답하지 않는다. 마른 면이 담긴 그릇에 물을 붓는다. 분말스프를 뜯는다. 분말을 뿌린다. 휘젓는다. 이제는 기다리는 것 말고 달리 할 일이 없어서 어쩔 수 없이 돌아선다.

"마린이라는 이름을 가진 친한 친구가 있다는 건 알아. 내가 친할아버지처럼 사랑했던 할아버지 손에 자란 애란 것도. 내가 대학으로 떠난 지 며칠 뒤에 할아버지가 물에 빠져 돌아가셨고, 그날 밤 이후 내 친구 마린의 소식을 아는 사람이 고향 사람 중 아무도 없었다는 것도. 심지어 나조차도."

나는 손등으로 눈물을 닦아낸다.

그리고 기다린다.

"우리 사이가 마지막에 좀…… 명확하게 정리되지 않았다는 것
도, 걘 괜찮대."

나는 우리가 남자 애들 얘기를 하던 방식을 기억 속에서 더듬
어 본다. 그때였다면 내가 뭐라고 말했을까. 아마도 사진을 보자
고 했을 것이다. 메이블의 휴대폰에 수십 장이 있을 것이다.

그러나 나는 그 애의 사진을 보고 싶지 않다.

무슨 말이든 해야 한다.

"착한 앤 것 같네." 내가 우물거린다. 그리고 그 순간 메이블이
그 남자애에 관한 얘기를 거의 하지 않았음을 깨닫는다. "그러니
까 내 말은, 너라면 분명히 착한 앨 골랐을 거라고."

메이블의 시선이 느껴지지만 내가 할 수 있는 말은 그것뿐이다.

우리는 침묵 속에서 식사를 한다.

"4층에 레크리에이션 룸이 있어." 식사를 마치고 내가 말한다.
"거기서 영화 봐도 돼."

"실은 나 너무 피곤해." 메이블이 말한다. "그냥 잘까 봐."

"아, 그래." 시계를 본다. 9시가 조금 지났을 뿐이지만 캘리포니
아는 3시간이 더 빠르다.

우린 괜찮아

"네 룸메이트가 싫어하지 않을까?" 한나의 침대를 가리키며 메이블이 묻는다.

"아니. 괜찮아." 나는 가까스로 그 말을 내뱉는다.

"좋아. 잘 됐네. 그럼 나 잘 준비할게."

메이블이 세면도구와 잠옷을 챙기고 내가 눈치 못 채도록 얼른 휴대폰을 챙겨 밖으로 나간다.

메이블은 한참을 돌아오지 않는다. 10분이 지나고, 또 10분이 지나고, 또 10분이 지난다. 그냥 우두커니 앉아서 기다리는 것 말고 달리 할 일이 있으면 좋으련만.

메이블의 웃음소리가 들린다. 메이블의 목소리가 진지해진다.

메이블이 말한다. "아무 걱정 마."

메이블이 말한다. "약속할게."

메이블이 말한다. "나도 사랑해."

제5장

5월

나는 유령이 나오는 구절을 전부 받아 적은 다음 커피 테이블 위에 펼쳐놓고, 그것들을 분류해 각각 수십 번씩 읽었다. 유령 자체가 중요한 게 아니라는 생각이 들었다. 메이블이 말한 것처럼 그들은 그저 가만히 서 있는 게 다였다.

유령이 문제가 아니었다. 그들이 뇌리에서 떠나지 않는 게 문제였다.

유령이 가정교사에게 영원히 사랑을 하지 못할 거라고 말했다.

유령이 제인 에어에게 당신은 혼자라고 말했다.

유령이 부엔디아 가족에게 그들의 가장 끔찍한 두려움이 사실이라고 말했다. 그들이 똑같은 실수를 되풀이하게 될 거라고.

우린 괜찮아

나는 몇 줄을 끼적이고 나서 《제인 에어》를 들고 소파에 누웠다. 내가 좋아하는 소설들인 《백년 동안의 고독》과 《제인 에어》는 셀 수 없이 여러 번 읽었다. 《백년 동안의 고독》이 마술적 사실주의와 이미지들, 세밀함과 방대함으로 날 매혹시켰다면 《제인 에어》는 가슴이 벅차오르게 했다. 제인은 너무도 외로웠다. 너무도 강하고 진실하며 정직했다. 두 작품 다 사랑하지만 그 둘은 각기 다른 갈망을 충족시켰다.

로체스터가 이제 막 청혼을 하려는 찰나, 아래층에서 할아버지가 열쇠를 딸그락거리는 소리가 들렸다. 잠시 후 할아버지가 휘파람을 불며 들어섰다.

"편지 받은 좋은 아침?" 내가 물었다.

"편지를 한 통 써야 한 통을 받는 법."

"두 분은 정말 틀림이 없네요."

나는 아래층으로 뛰어 내려가 식료품 봉지들을 받아 들고 식재료를 정리한 다음, 다시 《제인 에어》로 돌아왔고 할아버지는 서재로 들어갔다. 나는 할아버지가 서재의 안락의자에 앉아 담배와 크리스털 재떨이를 놓고 혼자 편지 읽는 상상을 즐겨 했다. 창문으로 소금기 어린 바람이 불어오고 입술은 편지를 읽느라 달싹거리고.

할아버지가 어떤 식으로 편지를 쓸지 궁금했다. 할아버지의 책상 위에 쌓여있던 낡은 시집들을 흘금 본 적이 있다. 시들을 인용했을까. 할아버지만의 글을 썼을까. 아니면 글을 인용하고 직접 쓴 척 했을까.

버디는 어떤 사람일까? 아마 무척 사랑스러운 할머니일 것이다. 할아버지의 편지를 기다리는 여자. 할아버지에게 편지를 쓰는 여자. 나는 베란다 의자에 앉아 얼음을 넣은 홍차를 마시며 완벽한 글씨체로 편지를 쓰는 버디의 모습을 상상해 보았다. 할아버지에게 편지를 쓰지 않을 때면, 아마 부겐빌레아 화단을 손질하거나 수채화를 그리겠지.

어쩌면 그보다 더 활달한 사람일 수도 있다. 욕을 하고 춤을 추러 다니는 할머니거나 할아버지의 눈빛과 맞먹는 음흉한 눈빛을 가진 할머니일 수도. 예닐곱 주 멀리 떨어져있지 않고 밤늦도록 함께할 수만 있다면 포커로 할아버지를 이기고 담배를 같이 피울 할머니일 수도. 내가 할아버지를 붙잡고 있지만 않으면.

그런 생각을 할 때면 밤이 깊도록 잠이 오지 않았고 속이 메슥거렸다. 내가 없었다면 할아버지는 샌프란시스코를 떠나 로키산맥으로 이주했을 것이다. 내 곁에 있느라 할아버지에게 남은 것은 존스, 프리맨, 보 할아버지들뿐인데, 할아버지는 그들을 별로 좋아하지 않는 것 같았다. 그들은 늘 그랬던 것처럼 카드 게임을 했지만 전보다 웃음이 줄었다.

우린 괜찮아

"네 독서를 좀 방해해도 되겠니? 내가 오늘 아주 특별한 걸 받았단다." 할아버지가 말했다.

"보여주세요."

"좋아." 할아버지가 말했다. "하지만 만지면 안 된다. 워낙 섬세한 물건이라."

"조심할게요."

"넌 여기 가만히 앉아있어. 내가 들고 와서 보여줄 테니."

내가 익살스럽게 눈을 위로 치켜떴다.

"어이, 선원." 그가 말했다. "그러지 마. 그런 식으로 나오지 말라고. 이건 정말 특별한 물건이란 말이야."

할아버지가 괴로운 표정을 지었고 나는 미안했다.

"그냥 보기만 할게요."

할아버지가 고개를 끄덕였다.

"기대되네요."

"가져오마. 여기서 기다려."

할아버지는 접힌 헝겊을 두 손으로 들고 왔다. 짙은 초록색이었고, 펼치는 순간 그것이 드레스라는 걸 알았다.

나는 고개를 갸우뚱했다.

"버디 거란다." 할아버지가 말했다.

" 버디 할머니가 드레스를 보냈어요?"

"내가 뭐든 하나 갖고 싶다고 했지. 깜짝 놀랄 만한 걸 보내달라고 했어. 달라고 해서 받은 것도 선물로 칠 수 있나?"

나는 어깨를 으쓱했다. "그럼요."

드레스를 보니 의아한 점이 있었다. 어깨끈 가장자리에 물결무늬가 있었고 허리에는 흰색과 분홍색 자수 장식이 있었다.

"젊은 여자가 입는 드레스 같은데요."

할아버지가 미소를 지었다.

"하여간 예리하다니까." 할아버지가 수긍하며 말했다. "버디가 젊었을 때 입던 드레스란다. 이젠 전처럼 날씬하지 않다면서 나한테 보내도 상관없대. 더 이상 맞지도 않고 자기 나이엔 어울리지도 않는다면서."

할아버지가 드레스를 다시 한번 보더니 가장자리를 안쪽으로 접어서 위에서부터 돌돌 말았다. 할아버지는 한 번도 드레스를 내려놓지 않았다. 할아버지가 드레스를 가슴에 품었다.

"예뻐요." 내가 말했다.

그날 저녁 할아버지가 설거지를 하고 내가 물기를 닦을 때 물었다. "할아버지, 친구 분들한테는 왜 버디 얘기를 안 해요?"

할아버지가 미소를 지었다. "괜히 아픈 데 찌를 필요가 뭐 있냐." 할아버지가 말했다. "버디와 내가 누리는 걸 누구나 다 누릴 수 있는 건 아니잖니."

우린 괜찮아

며칠 후, 나는 메이블의 집 거실 바닥에 앉아 앨범을 훑어보고 있었다. "나 신생아였을 때 딱히 예쁜 편은 아니었네." 메이블이 말했다.

"그게 무슨 소리니? 넌 완벽했어. 완벽한 아기 메뚜기였다고. 저 사진은 언제?" 흰 강보에 싸인 채 하품을 하는 메이블의 사진을 가리키며 애나 아주머니가 말했다.

"이것보다는 좀…… 정신 차리고 있는 사진이면 좋겠어요."

상급생들은 졸업 앨범에 실릴 아기 때 사진을 제출해야 했고 시한이 얼마 남지 않았다. 그해 졸업 앨범의 편집 담당자였던 엘레노어는 시간이 흐를수록 거의 신경 발작 증세를 보이고 있었다. 매일 안내 방송 시간에 들려오는 엘레노어의 목소리는 날카로웠다. *"여러분 제발."* 엘레노어가 말했다. *"빠른 시일 내에 이메일로 뭐든 좀 보내주세요."*

"마린은 벌써 골랐니?" 하고 있던 드로잉 작업을 이어가기 위해 다시 소파로 돌아가며 애나 아주머니가 물었다.

"우린 사진이 없어요."

애나 아주머니는 스케치북을 새 페이지로 넘겼다.

"한 장도?"

"한 장도 없을 걸요. 할아버지가 한 번도 보여준 적 없어요."

"내가 그려줄까?"

"정말요?"

"10분 정도 스케치로."

아주머니가 옆자리의 소파 쿠션을 두드렸고 나는 거기 앉았다. 내 표정을 살피더니 목탄을 백지에 대었다. 아주머니는 내 눈, 귀, 코의 각도, 광대뼈와 목, 아무도 알아차리지 못한 뺨의 주근깨를 보았다. 아주머니가 손을 뻗어 귀 뒤로 넘겨진 머리카락을 끌어 내 앞으로 늘어지게 했다.

아주머니는 그림을 그리기 시작했고, 마치 아주머니를 그리는 것처럼 나도 아주머니를 보았다. 눈과 귀와 코의 경사. 뺨의 홍조와 웃음 주름. 짙은 갈색 눈동자 속의 보다 밝은 갈색 점들. 아주머니가 다시 백지로 시선을 향했다가 고개를 들어 내 얼굴의 어느 한 부분을 주시했다. 나는 아주머니가 고개를 숙일 때마다 다시 고개를 들어 날 보아주기를 기다렸다.

"됐다. 두 장 찾았어." 메이블이 말했다. "하나는 내가 열 달 되었을 때라고 써있는데, 드디어 사람 꼴을 하고 있네. 그리고 이건 막 신생아를 벗어나 걸음마할 때 사진인데, 내 입으로 말하긴 좀 그렇지만 꽤 귀여워."

메이블이 우리 앞에 사진을 흔들었다.

"나쁘지 않네." 사진을 보고 환하게 웃으며 애나 아주머니가 말했다.

"난 아기 사진 추천." 내가 말했다. "저 통통한 허벅지 좀 봐! 귀
엽다."

메이블이 사진을 스캔해서 메일을 보내러 갔다. 애나 아주머니
와 나는 거실에 단둘이 남았다.

"조금만 기다려." 애나 아주머니가 말했다.

"네."

"한번 볼래?" 그림이 완성되자 아주머니가 물었다.

고개를 끄덕이자 아주머니가 스케치북을 내 무릎 위에 올려놓
았다. 스케치북의 여자애는 나이기도 하고 내가 아니기도 했다.
나는 내 모습을 그린 그림을 본 적이 없었다.

"봐." 애나 아주머니가 목탄 범벅이 된 자기 손을 내게 보여주었
다. "손을 닦아야겠다. 그런데 할 얘기가 있어. 따라와 볼래?" 나는
애나 아주머니를 따라 거실을 가로질러 주방으로 갔다. 아주머니
는 청동 수도꼭지를 손목으로 돌려 물을 틀었다. "할아버지한테
분명히 사진이 있을 거야. *여러 장*을 갖고 있진 않더라도 한두 장
정도는."

"할아버지가 엄마 유품을 하나도 안 남겨두었으면요?"

"넌 손녀딸이야. 네가 거의 세 살 때 엄마가 돌아가셨지? 할아
버지가 갖고 있던 그 무렵 사진이라도 있을 걸." 밝은 초록색 행
주로 손을 닦으며 애나 아주머니가 말했다. "달라고 해. 네가 달

라고 하면 *뭐라도* 찾아주실 거야."

집으로 돌아오니 할아버지가 부엌에서 차를 마시고 있었다. 지금이 아니면 얘기를 꺼내지 못할 것 같았다. 아침까지 기다렸다간 용기를 잃을 것이다.

"졸업 앨범에 쓸 아기 때 사진을 제출해야 해요. 졸업반 페이지에. 혹시 제 사진 있어요?" 나는 체중을 한쪽 다리에서 반대편 다리로 옮겼다. 높고 흔들리는 내 목소리가 들렸다. "꼭 *완전* 아기였을 때 사진일 필요는 없어요. 두 살이나 세 살 때 사진도 좋아요. 그냥 어릴 때 사진이면 돼요. 없으면 할 수 없고요. 전 괜찮아요. 혹시나 해서 물어보는 거예요."

할아버지는 미동도 없었다. 그저 찻잔만 바라보았다.

"창고를 한번 뒤져보마. 뭐라도 나오는지."

"그럼 저야 좋죠."

그가 무언가 말을 하려고 입을 벌렸지만, 이내 마음을 바꾸었다. 다음 날 학교에 갔다가 들어와 보니 할아버지가 거실에서 나를 기다리고 있었다. 할아버지는 나를 보지 않았다.

"이봐, 선원." 그가 말했다. "내가 찾아봤는데—."

"괜찮아요." 내가 서둘러 말을 잘랐다.

"너무 많은 걸 잃었어."

우린 괜찮아

"알아요." 할아버지가 그런 말을 하게 만들어서 미안했고, 잃어 버린 것들의 기억을 불러일으켜서 미안했다. 나는 할아버지가 조 세핀 선생님에게 소리 지르던 것을 떠올렸다. "그런데 수녀님이 저에게 그들을 기억하라고 *일깨워* 주시는 겁니까?"

"정말이에요, 할아버지." 할아버지는 여전히 날 쳐다보지 못했 다. "*정말이에요.* 진짜 괜찮아요."

내 생각이 짧았지만, 이미 저지른 일이었다. 할아버지를 힘들 게 한 내가 미웠고, 있지도 않은 걸 바라는 내가 미웠다.

나는 오션 비치를 따라 한참을 걸었고, 클리프 하우스 아래 바 위들까지 갔다가 돌아섰다.

처음 출발했던 자리로 돌아왔지만 아직은 집으로 돌아갈 생각 이 없었다. 그래서 모래 언덕에 앉아 오후의 햇살 속에서 파도를 바라보았다. 얼마 후 긴 갈색 머리에 젖은 서핑 슈트 차림의 여자 가 다가와 내 곁에 앉았다.

"얘." 여자가 말했다. "난 에밀리야. 클레어 친구."

"네, 알아요."

"할아버지 여기 자주 오신다, 그치?" 에밀리가 해변을 가리켰 고, 저만치에서 할아버지가 혼자 걷고 있었다. "한동안 안 보였는 데, 요즘엔 거의 매주 보네."

나는 대답할 수가 없었다. 장을 보러 가거나 시계처럼 일정한 시간에 포커 게임을 하러 가는 것 외에 할아버지의 행방은 미스터리였다. 바닷가에서 우연히 몇 번 마주치긴 했지만 오후 이맘때엔 내가 여기 오는 일이 거의 없었다.

"훌륭한 서퍼였어." 에밀리가 말했다. "대다수의 우리보다 한 수 위였지. 나이가 들어서도."

할아버지가 내게 서핑에 대해 얘기한 적은 없었지만, 어쩌다 파도에 대해 얘기하는 걸 들어보면 바다에 관련한 많은 걸 알고 있었다. 나는 할아버지가 어느 한 시기에는 서퍼였을 거라고 짐작했지만 직접 물어본 적은 없었다.

"한번은 이런 일이 있었어." 에밀리가 말했다. "클레어가 죽고 나서 두어 달쯤 됐을 거야. 너도 아는 얘기니?"

"어쩌면요." 들은 얘기는 하나도 없었지만 나는 그렇게 말했다. "그래도 해주세요."

"우린 클레어를 잃고 난 뒤 네 할아버지를 통 보질 못했어. 그날은 토요일이라 물에 여럿이 나와 있었지. 그런데 할아버지가 보드를 들고 백사장에 나온 거야. 우리 중 몇 명이 할아버지를 보았고 뭔가 해야 한다는 걸 알았어. 경의를 표하고 우리의 슬픔을 보여야 한다는 걸. 그래서 우린 물에서 나왔어. 미처 할아버지를 못 본 사람들을 큰 소리로 불러냈지. 얼마 후 물에는 오직 네 할아버

우린 괜찮아

지만 있고 우린 서핑 슈트를 입은 채 일렬로 서서 그를 보았어. 아주 오랫동안 그 자세로. 얼마나 오랫동안 그렇게 서있었는지는 기억나지 않지만 할아버지가 서핑을 끝낼 때까지 그 자리에 서있었어. 네 할아버지가 서핑을 마치고는 다시 뭍으로 나와서 보드를 팔 밑에 끼고 우리를 투명 인간처럼 지나치더라. 우리가 거기 있었던 걸 알기나 했는지도 모르겠어."

할아버지가 꽤 가까이 다가오고 있었다. 하지만 그가 고개를 돌려 날 보지 않을 것 같아서 부르지 않기로 했다. 갑자기 밀려든 파도가 불시에 할아버지를 덮쳤지만 할아버지는 피할 생각조차 하지 않았다. 바지가 무릎까지 젖었는데도 아무 일도 없다는 듯 우리 곁을 지나쳤다.

에밀리가 이마를 찌푸렸다.

"너한테 이런 말 할 필요 없단 거 알지만." 에밀리가 말했다. "여긴 좀 위험할 수 있어. 그냥 걷기만 해도.

"네." 나는 대답했고, 두려움이 밀려들었고, 죄책감은 더욱 깊어졌다. 할아버지가 그토록 떨쳐내려 애썼던 기억을 내가 끌어낸 걸까? 내가 그런 부탁을 해서 할아버지가 여기 나오게 된 걸까? "할아버지한테도 위험하다고 말해야겠어요."

에밀리는 계속 할아버지를 쳐다보았다. "이미 알고 계셔."

제6장

우리는 눈을 맞으며 버스 정류장에서 기다린다.

내가 깨어났을 때 메이블은 이미 샤워를 마치고 옷을 입은 상태였다. 눈을 뜨니 메이블이 말했다. "어디든 나가서 아침 먹자. 이 동네 좀 더 구경하고 싶어." 그러나 나는 메이블이 우리가 말하지 않는 것들로 가득 찬 이 방에 갇혀있는 대신 다른 어딘가에 있고 싶어 한다는 걸 알았다.

그래서 우리는 나무와 산들이 온통 흰색으로 뒤덮인 거리에 서 있다. 이따금 차가 우리 앞을 지나칠 때면 차의 색깔이 눈을 배경으로 선명하게 부각된다.

파란 차.

우린 괜찮아

빨간 차.

"발가락이 얼얼해." 메이블이 말한다.

"나도."

검은 차, 초록 차.

"얼굴에 감각이 없어."

"나도."

메이블과 내가 같이 버스를 탄 게 아마 수천 번은 될 텐데 저 만치에서 버스가 올 때 모든 게 너무도 낯설게 느껴진다. 낯선 풍경에, 낯선 색깔, 낯선 버스 이름과 번호, 낯선 요금, "폭설 얘기는 들었겠지?"라고 묻는 운전기사의 낯선 억양.

얼마나 안쪽으로 들어가야 할지, 아니면 누가 안쪽 자리로 먼저 들어가야 할지를 몰라 머뭇거린다. 메이블이 옆으로 비켜서며 나를 앞장서게 한다. 단지 여기 산다는 이유로 어느 자리가 적합할지도 내가 알 거라는 듯이. 나는 선택지가 없어질 때까지 계속 안쪽으로 들어간다. 우리는 안쪽 가운데 자리에 앉는다.

이 지역의 폭풍이 어떤지 나는 모른다. 내리는 눈은 너무나 보드라워서 우박과는 다르다. 잠을 깨우는 비와도 다르고 나뭇가지들을 길바닥으로 끌어내리는 바람과도 다르다.

거리에 차가 거의 없는데도 버스는 1센티미터씩 움직인다.

"던킨도너츠." 메이블이 말한다. "저거 들어봤어."

"거기 커피 다들 좋아하더라."

"정말 그렇게 맛있어?"

내가 어깨를 으쓱한다. "우리가 늘 마시던 커피와는 달라."

"제대로 된 커피라서?"

나는 장갑 끝부분의 실밥을 당긴다.

"실은 안 마셔봤어."

"아."

"내 생각엔 식당 커피하고 비슷할 거 같아." 내가 말한다.

나는 식당에 잘 가지 않는다. 한나와 한나의 친구들이 나가서 먹자고 할 때마다 나는 항상 미리 식당 이름을 검색해 보곤 했다. 아이들은 식성이 까다롭다며 날 놀렸고 그것은 내가 인정하기 쉬운 오해였다. 그러나 난 식성이 까다롭지 않았다. 단지 어느 날 불시에 무언가가 나를 덮칠까 봐 두려운 것뿐이었다. 식은 커피. 네모난 미국 치즈들. 너무 덜 익어서 가운데가 허옇고 딱딱한 토마토. 가장 사소한 것들이 가장 끔찍한 것들을 불러올 수 있다.

좀 더 창가 가까이 앉고 싶어서 그쪽으로 옮겨 앉는다. 장갑 낀 손으로 만져도 유리는 얼음장처럼 차갑다. 상가가 가까워지니 가로등과 가로등을 잇는 줄에서 불빛이 반짝인다.

내 평생 겨울은 잿빛 하늘과 비, 웅덩이, 우산이었다. 겨울이 이런 모습인 적은 없었다.

문마다 화환 장식이 있다. 창틀마다 촛대들이 있다. 커튼 틈으로 크리스마스트리들이 반짝인다. 나는 이마를 유리에 대고 유리에 비친 내 모습을 본다. 나는 저 바깥세상의 일부이고 싶다.

우리가 내릴 정류장에 다다라 한기 속으로 내려선다. 버스가 떠나자 광장 한복판 금장식이 달려있고 불빛이 반짝이는 트리가 모습을 드러낸다.

가슴이 벅차오른다.

할아버지는 종교를 반대하는 사람이었지만 이런 볼거리를 무척 좋아했다. 우리는 해마다 델란시 스트리트에서 트리를 샀다. 교도소 문신을 새긴 남자들이 자동차 루프에 나무를 묶어주었고 우리가 직접 계단 위로 끌고 올라갔다. 나는 거실 벽장에서 트리 장식들을 꺼냈다. 전부 다 낡은 장식들이었다. 어떤 게 엄마 물건이고 어떤 게 그보다 더 오래된 건지 알 수 없었지만 아무래도 상관없었다. 그것들이야말로 할아버지와 나 이외의 더 많은 가족이 있었다는 유일한 증거였다. 결국엔 우리 둘만 남게 되었지만, 그래도 우리가 더 큰 무언가의 일부였다는 증거. 할아버지는 쿠키를 만들고 남은 음식들을 긁어모아 에그노그[6]를 만들었다. 우리는 라디오에서 흘러나오는 크리스마스 노래를 들으며 트리를 장식한 다음 머그잔과 과자 접시들을 놓고 소파에 기대어 앉아 우리의 작품을 감상했다.

6) 술, 계란, 설탕, 우유 등을 섞어 만드는 크리스마스용 음료.

"세상에 맙소사." 할아버지가 말하곤 했다. "이게 진짜 트리지."

그 기억은 이제 막 떠올랐을 뿐인데, 벌써 시작이다. 의심이 파고든다. *정말 그랬을까?* 속이 메슥거리기 시작한다. *넌 할아버지를 안다고 생각했지.*

사람들에게 줄 선물을 사고 싶다. 메이블을 위한 선물. 애나 아주머니와 자비에르 아저씨에게 보낼 선물. 방학이 끝나고 한나가 돌아올 때 한나의 침대에 놓아둘 선물. 아니면 내가 한나를 만나러 맨해튼에 가게 되면 가져갈 선물.

도자기 공방의 창문에 불이 켜져있다. 공방 문을 열기엔 너무 이른 시각이지만 눈을 가늘게 떠보니 창가에 들어오세요라고 적힌 안내판이 보인다.

내가 처음 이곳에 왔을 땐 가을이었고 너무 긴장한 상태라 제대로 보질 못했다. 그날은 한나와 한나의 친구들과 함께 처음으로 외출한 날이었다. 나는 자연스럽게 행동하자고, 다른 애들과 함께 웃자고, 때때로 한마디씩 말을 거들자고 되뇌었다. 다들 실내에 오래 있으려 하지 않아 이런저런 상점들을 드나들었다. 다 너무 예뻐서 빈손으로 돌아간다는 건 상상도 할 수 없었다.

나는 노란색 그릇을 골랐다. 묵직하면서 경쾌했으며 시리얼이나 수프를 먹기에 딱 알맞은 크기였다. 한나는 그 그릇을 사용할 때마다 한숨을 쉬면서 자기도 그릇을 살 걸 그랬다고 말했다.

메이블과 함께 공방에 들어선다. 카운터에 사람이 없다. 실내는 따스하고 밝고 온통 흙색과 광택을 입힌 엷은 빛깔로 가득하다. 장작이 타고 있는 화로에서 온기가 배어나고 나무 의자에는 목도리가 걸쳐져있다.

나는 한나에게 줄 선물을 사려고 그릇들이 진열된 선반으로 다가간다. 내 것과 어울리는 한 벌을 살 생각이었지만 색상이 더 다양해져서 한나의 마음에 들 만한 이끼 빛깔 초록색도 있다. 나는 그릇 두 개를 들고 메이블을 본다. 메이블이 이곳을 좋아했으면.

메이블은 굵은 밧줄에 일렬로 매달려있는 큼직한 종들을 보고 있다. 종마다 색상과 크기가 다르고 문양이 새겨져있다. 메이블이 종 한 개를 흔들어 보고 종소리에 미소를 짓는다. 여기 데려오길 잘했다는 생각이 든다.

"어머, 어서 와!" 카운터 뒤쪽 문에서 진흙투성이가 된 손을 위로 들고 여자가 나온다. 이곳에 처음 왔을 때 본 기억이 있다. 이유는 모르겠지만 주인이 직접 도자기를 구울 거란 생각은 하지 못했다. 그 사실을 알고 나니 모든 게 더욱 근사하게 느껴진다.

"전에 널 본 적이 있어." 여자가 말한다.

"몇 달 전에 룸메이트하고 같이 왔었어요."

"다시 온 걸 환영한다. 또 만나니 반갑네."

"이거 카운터 위에 놓고 구경 좀 더 할게요." 초록색 그릇들을 내밀며 내가 말한다.

"그러럼. 혹시 필요한 게 있으면 알려줘. 난 안에서 작업 좀 마무리할게."

나는 3주년 기념 파티에 초대하는 우편엽서 무더기 옆에 그릇을 놓는다. 이 공방은 그보다 더 오래되었을 거라고 생각했다. 이곳은 너무도 따스하고 사람 사는 집처럼 아늑하다. 이곳에 오기 전에도 여자는 계속 이 일을 했을까. 아마 메이블 부모님 정도의 나이인 것 같다. 엷은 금발을 뒤로 넘겨 머리핀으로 고정했고 웃을 때면 눈가에 주름이 진다. 결혼반지를 끼고 있는지는 보지 못했다. 이유는 모르겠지만 무슨 일이 있었던 것 같다. 미소 뒤에 고통이 있어 보인다. 처음 보았을 때도 그런 느낌이 들었다. 내가 낸 돈을 받을 때 여자가 날 붙잡고 싶어 하는 것 같았다. 무언가를 잃은 사람들을 서로 이어주는 어떤 기류 같은 거라도 있는 걸까. 누구나 겪는 그런 상실이 아닌, 삶을 해체하고 자아를 해체해서 거울 속 얼굴이 더 이상 내 얼굴이 아닌 그런 상실 말이다.

"누구한테 줄 건데?"

"한나."

메이블이 고개를 끄덕인다.

"네 부모님 선물도 사고 싶어." 내가 말한다. "여기 있는 것들 중에 부모님이 좋아할 만한 게 있을까?"

"뭐든지." 메이블이 말한다. "여기 있는 거 전부 너무 예쁘다."

같이 둘러보다가 나는 다시 한 바퀴를 돌고 메이블은 종들 쪽으로 이끌린다. 메이블이 그중 한 개의 가격을 확인한다. 메이블네는 방마다 꽃을 놓아둔다. 그래서 나는 꽃병들이 진열된 곳을 찬찬히 살펴본다.

"이거 어때?" 둥그런 꽃병 하나를 들어 보이며 내가 묻는다. 회색을 띤 분홍색이고 그들의 환한 방에 어울릴 정도로 세련됐다.

"예뻐." 메이블이 말한다. "좋아하시겠다."

나 자신을 위한 선물도 고른다. 페퍼로미아 화분. 방금 고른 꽃병과 똑같은 색상이다. 나의 자그마한 화초는 플라스틱 화분에 너무 오래 있었다. 이 화분에 심으면 훨씬 더 예쁠 것이다.

도예가는 어느새 카운터에 앉아서 종이에 무언가를 적고 있다. 나는 꽃병을 들고 그에게 다가가면서 문득 이곳에 있고 싶다는 생각에 사로잡힌다. 내가 현금카드를 내밀자 총액을 알려준다. 그리고 그 순간 나는 용기를 내어 물어본다.

"궁금한 게 있는데요." 여자가 얇은 종이로 첫 번째 그릇을 포장하고 있다. "혹시 사람 안 구하세요?"

"아, 그러면 얼마나 좋겠니! 하지만 나 혼자 일하고 있단다. 워낙 작은 가게라."

"그렇군요." 너무 실망한 티를 내지 않으려 애쓰며 내가 말한다. "이 가게가 너무 마음에 들어서 혹시나 하고 여쭈어 봤어요."

그가 포장을 하던 손을 멈춘다. "고맙구나." 나를 보고 미소를 짓는다. 포장된 꽃병과 그릇들이 담긴 쇼핑백을 받아 들고 메이블과 나는 다시 눈 내리는 거리로 나선다.

우리는 애견용품점과 우체국을 빠르게 지나 카페로 들어간다. 둘 다 떨고 있다. 테이블 하나에만 사람이 있고 우릴 본 점원은 놀라는 표정이다. 그러나 메뉴판 두 개를 집어 든다.

"폭풍 때문에 오늘은 일찍 문 닫아요." 점원이 말한다. "하지만 빨리 드실 거면 그 전에 드릴 수 있어요."

"좋아요." 내가 말한다.

"네." 메이블이 말한다. "그럴 수 있어요."

"커피나 오렌지 주스 먼저 드릴까요?"

"카푸치노?" 내가 묻는다.

메이블이 고개를 끄덕인다.

"저도 같은 걸로요." 메이블이 말한다. "팬케이크도 한 조각 주세요."

나도 메뉴를 훑어본다. "전 에그 베네딕트 주세요."

"고마워요, 숙녀 분들." 점원이 말한다. "그리고 잠깐…… 실례

우린 괜찮아

좀 할게요."

점원이 우리 테이블 쪽으로 몸을 숙이더니 영업 종료가 밖으로 향하도록 창가의 안내판을 돌려놓는다. 그러나 우리 쪽에서 보면 메이블의 자리와 내 자리 사이, 영업 중이라는 안내판이 완벽한 위치에 자리 잡고 있다. 만약 이게 단편소설이라면 이런 것에도 어떤 의미가 있을 텐데.

점원이 돌아서고 우리는 다시 창밖을 내다본다. 눈이 다른 모양으로 떨어지고 하늘엔 더 많은 눈이 있다.

"네가 이렇게 추운 데서 산다니 믿기지가 않는다."

"그러게 말이야."

우리는 침묵 속에서 창밖을 지켜본다. 잠시 후 우리 커피가 나온다.

"그래도 예쁘잖아." 내가 말한다. "안 그래?"

"응. 예뻐."

메이블이 설탕 봉지들이 담긴 접시로 손을 뻗어 분홍색 하나, 흰색 하나, 파란색 하나를 꺼낸다. 메이블은 봉지들을 나란히 배열해 놓고 더 꺼내려고 손을 뻗는다. 메이블의 초조한 손길과 아득히 멀게 느껴지는 표정을 어떻게 받아들여야 할지. 메이블의 입은 직선이다. 지금이 내 삶의 다른 시점이었다면 나는 테이블 위로 몸을 숙여 메이블에게 키스했을 것이다. 그보다 더 오래 전이었다면, 훼방을 놓으려고 설탕 봉지들을 테이블 위에 흩어놓았을 것이다. 우리가 처음 만난 그때로 돌아간다면, 나는 나만의 섬세한 패턴으로 봉지들을 배열하고 그렇게 우리의 배열은 제각기 점점 팽창하다가 어느 순간 중간 지점에서 만났을 것이다.

"내가 여기 온 목적으로 돌아가도 될까?" 메이블이 묻는다.

내 몸이 긴장한다. 메이블의 눈에도 보일까.

내가 샌프란시스코로, 메이블의 부모님 집으로 돌아가야 하는 온갖 이유들을 메이블이 늘어놓는 것은 원치 않는다. 왜냐하면 그들 모두 아무 문제없이 나를 맞아주리란 걸 나도 알기 때문이다. 그 어떤 논리로도 그들과 맞설 수 없을 것이다. 난 그저 멍청하고 은혜를 모르는 애처럼 보일 것이다.

"나도 그러고 싶어." 내가 말한다.

"그럼 그렇게 하면 되잖아. 너 자신에게 그걸 허락하기만 하면 돼. 어차피 네 일생의 반을 보낸 집이야."

맞는 말이다.

"방학 때마다 서로 만날 수 있고, 항상 돌아갈 집이 생기는 거잖아. 우리 부모님은 네가 필요할 때 도움을 주고 싶어 해. 그게 돈이 됐건 조언이 됐건 뭐든지. 우린 자매처럼 지내는 거야." 메이블이 말한다. 그리고 그 순간 메이블은 얼어붙는다.

가슴이 철렁하고 머리가 울린다.

나는 머리카락을 귀 뒤로 넘기며 창밖의 눈을 바라본다.

"내 말은 그런 뜻이……." 메이블이 몸을 앞으로 숙이고 양손으로 머리를 감싼다.

나는 문득 사람들에겐 시간이 각기 다르게 지나간다는 생각을 한다. 메이블과 제이콥, 두 사람이 로스앤젤레스에서 이런저런 일들을 하고, 보고, 돌아다니며 보낸 몇 달. 도로 여행, 바다. 엄청난 삶이 매일의 일상 속에 욱여넣어졌을 것이다. 그리고 이 방 안에 있던 나. 화초에 물을 주고 라면을 끓이고. 매일 밤 나의 노란 그릇들을 닦고.

"괜찮아." 내가 말한다. 그러나 괜찮지 않다.

꽤 많은 시간이 흘렀지만 메이블은 여전히 움직이지 않는다.

"네 말 무슨 뜻인지 알아." 내가 말한다.

음식이 담긴 접시가 테이블 위에 놓인다. 메이플 시럽 한 병. 홈프라이에 곁들일 케첩. 우리는 먹느라 바쁘지만 둘 다 배가 고픈 것 같진 않다. 계산서가 도착했을 때 메이블의 휴대폰이 울린다. 메이블이 신용카드를 계산서 위에 올려놓는다.

"내가 낼게. 괜찮지?" 메이블이 말한다. "금방 올게."

메이블은 휴대폰을 들고 식당 안쪽으로 가더니 빈 자리에 나를 등지고 앉는다.

나는 테이블에서 일어난다.

눈발이 굵어진다. 애견용품점의 점원이 영업 종료 간판을 창문에 걸지만 공방의 문은 여전히 열려 있는 것을 보고 그 문을 밀어 본다.

"또 왔네!" 여자가 말한다.

내가 미소를 짓는다. 다시 온 게 살짝 부끄럽긴 하지만 종을 카운터 위에 올려놓으며 보니 그가 나를 반가워하고 있다는 걸 알 수 있다.

"제 친구가 안 봤으면 좋겠어요." 내가 설명한다.

"얇은 종이로 포장해줄 테니 코트 속에 넣을래?"

"좋아요."

내가 급하다는 걸 알고 분주하게 움직이던 여자가 어느 순간 멈춘다.

"일주일에 몇 시간 일할 생각인데? 일자리 말이야."

"몇 시간이든 전 상관없어요."

"네가 가고 나서 생각해 봤는데…… 사람을 써볼 수도 있을 것 같아서. 하지만 임금은 최저 수준만 가능해. 그리고 일주일에 두어 번 정도만."

"전 좋아요." 내가 말한다. "저도 수업이 있어서 공부할 시간이 필요하거든요. 일주일에 몇 번 일하는 거면 저한테도 좋아요."

"도자기 공예에 관심 있니? 가마를 사용해서 같이 뭘 만들어 보면 좋을 것 같아서. 내가 임금을 많이 못 주는 것도 보상할 겸."

온기가 나를 감싼다.

"정말요?"

그가 미소 짓는다.

"응. 난 클로디아야."

"전 마린이에요."

"마린, 캘리포니아 출신이지?"

내가 고개를 끄덕인다.

"페어팩스에서 몇 달을 보낸 적이 있어. 삼나무 숲을 매일 걷곤 했지."

억지로 미소를 지어 보인다. 내가 뭔가 더 얘기하기를 바라는 것 같지만 나는 무슨 말을 해야 할지 모른다.

"지금은 방학일 텐데 아직 여기 있네."

클로디아의 눈빛에 걱정이 스친다. 클로디아는 내 눈빛 이면에서 무얼 보았을까. *제발 이 일을 망치지마.* 나는 속으로 중얼거린다.

"페어팩스 아름답죠." 내가 말한다. "사실 전 샌프란시스코 출신이에요. 하지만 우리 가족은 더 이상 거기 안 살아요. 제 연락처 드릴까요? 필요할 때 연락할 수 있도록."

"응." 클로디아가 말하며 메모지와 펜 하나를 내민다. 내가 도로 그것을 건네자 클로디아가 말한다. "1월 초에 연락할게. 새해

되자마자."

"얼른 하고 싶어요."

"잘 가라, 마린." 클로디아가 포장한 종을 내민다. 종을 놓기 전에 나와 잠시 눈을 맞추고 말한다. "방학 잘 보내고."

"네, 아주머니도요." 밖으로 나서는데 눈이 아리다.

다시 카페로 돌아오니 메이블은 부스에도, 자리에도 없다. 나는 종을 다른 선물들이 들어있는 쇼핑백에 넣고 기다린다. 공방에 있는 내 모습을 상상해 본다. 내가 손님에게 돈을 받고 잔돈을 거슬러 준다. 노란 그릇을 얇은 종이로 싸고, *저도 이거 하나 갖고 있어요*라고 말한다. *천만에요*라고 말한다. *해피 뉴이어*라고 말한다. 선반의 먼지를 닦고 타일 바닥을 닦는다. 몸을 숙이고 화로에 불을 지핀다.

"미안." 메이블이 말하며 내 맞은편 자리에 앉는다.

잠시 후 웨이트리스가 모습을 드러낸다.

"다시 왔네! 너희들 급하게 나가느라고 신용카드 두고 갔더라."

"넌 어디 있었어?" 메이블이 묻는다.

내가 어깨를 으쓱한다. "잠깐 사라졌었어."

"너." 메이블이 말한다. "이제 아주 선수가 됐네."

우린 괜찮아

제7장

6월

우리가 메이블의 집 앞뜰 울타리 문을 열었을 때 애나 아주머니는 밖에 나와 있었다. 아주머니는 작업용 앞치마를 두르고 금색 핀으로 느슨하게 머리를 고정한 채, 붓과 한 가닥의 실을 손에 들고 최신 콜라주 작품을 쳐다보고 있었다.

"얘들아!" 아주머니가 말했다. "너희들이 필요해."

메이블과 친구로 지낸 3년 반 동안 나는 아주머니의 작품이 완성되어 가는 과정을 흘금흘금 보았다. 볼 때마다 가슴이 뭉클해지곤 했다. 그러다 어느 순간부터는 경외심마저 느껴졌다. 아주머니의 콜라주 작품들은 이미 샌프란시스코와 뉴욕, 멕시코시티의 유명 갤러리에 전시되고 있었고, 지난 몇 달간 박물관 세 곳에

팔리기도 했다. 아주머니의 사진 역시 잡지에 실리기 시작했다. 자비에르 아저씨가 애나 아주머니에 관한 기사를 펼쳐서 보여주곤 했고 집안 곳곳 눈에 띄는 장소에 놓아두었다. 아주머니는 잡지가 눈에 띌 때마다 손사래를 치면서 잡지를 어딘가에 처박았다. "이러다가 거만해지겠어." 아주머니가 우리에게 말했다. "나한테 안 보이게 숨겨봐."

"평상시보다는 단순하네요." 메이블이 작품을 보며 말했고 얼핏 보기엔 정말 그런 것 같았다.

그것은 밤하늘이었다. 매끄러운 검은 바탕이 겹겹이 포개져 있었고, 마치 반짝이를 붙인 것처럼 별들이 반짝였다. 나는 가까이 다가가 보았다. 별들이 실제로 반짝였다.

"이거 어떻게 하셨어요?" 내가 물었다.

아주머니가 반짝이는 돌들이 담긴 그릇을 가리켰다.

"황철광이야. 저걸 빻아서 가루로 만들었어."

표면층 밑에서 너무도 많은 일들이 일어나고 있었다. 고요하다고는 말할 수 있겠지만, 결코 단순하진 않았다.

"무얼 더 넣어야 할지 결정을 못하겠어. 뭔가가 더 필요하긴 한데, 그게 뭔지 모르겠거든. 깃털도 써봤어. 밧줄도 써봤고, 항해와 관련된 것이어야 할 것 같아. *내 생각에는.*"

애나 아주머니의 답답한 심정을 이해할 수도 있을 것 같았다.

작품은 이미 너무도 아름다웠다. 무언가를 빼지 않고 어떻게 보탤 수 있을까?

"어쨌든." 붓을 내려놓으며 애나 아주머니가 말했다. "오늘 저녁 우리 아가씨들은 기분이 어때? 쇼핑 다녀왔나 보네."

우리는 벤의 파티에 갈 때 입을 드레스를 고르느라 포에버21에서 한 시간을 보낸 뒤, 색상만 다른 드레스를 똑같은 쇼핑백에 하나씩 들고 왔다. 메이블의 드레스는 빨간색이었고 내 드레스는 검은색이었다.

"뭐 좀 먹었니? 자비에르가 포솔레[7]를 만들었어."

"벌써 파티가 시작됐어요. 빨리 가봐야 하는데……." 메이블이 말했다.

"방으로 가져가서 먹어."

"여기에 뭘 쓰게 될지 빨리 보고 싶어요."

"나도 그렇단다, 마린. 나도."

우리는 화장을 시작했고, 수프와 토스타다[8]를 먹는 틈틈이 아이섀도를 칠했다. 메이블이 보석함에 들어 있던 것들을 침대 위에 쏟아 부었고 우리는 그것들을 훑어보며 액세서리를 골랐다. 나는 금색 팔찌와 초록색 귀고리를 골랐다. 메이블은 가죽을 꼬아 만든 팔찌를 선택했다. 메이블은 금색 스터드형 귀고리를 다른 걸로 바꿀까 고민했지만 그냥 하기로 했다. 우리는 토스타다

---

7) 껍질을 벗겨 손질한 옥수수 알갱이에 돼지고기를 넣어 끓인 멕시코 전통 스튜 요리.
8) 토르티야를 파삭파삭하게 튀긴 것.

를 깨물어 먹으며 수프를 마셨다. 셔츠를 벗고 드레스를 입은 다음 바지를 벗었다. 서로를 쳐다보았다.

"이 정도면 충분히 달라." 내가 말했다.

"언제나처럼."

우리는 처음 만났을 때부터 우리 이름의 대칭성이 특별하다고 생각했다. 우리 둘의 이름 모두 M 뒤에 모음이 있고, 그다음에 자음, 그다음에 모음, 그다음에 자음이었다. 우린 그게 중요하다고 생각했다. 어떤 의미가 있을 거라고. 예를 들면, 우리의 두 엄마가 이름을 지을 때 같은 느낌이 스쳤다든가. 그때 이미 어떤 운명이 작용했다든가. 그래서 서로 다른 나라에 살았을지언정, 우리가 만나는 건 시간 문제였을 거라고.

파티에 갈 준비를 하느라 시간이 점점 늦어졌지만 딱히 서두르진 않았다. 그날의 진짜 중요한 대목은 우리가 함께 있는 시간이었으니까. 화장을 거의 하지 않았는데도 계속 서로의 화장을 고쳐주었다. 서로에게 빈 수프 그릇을 보여준 다음 수프를 더 가지러 주방으로 갔다.

다시 메이블의 방으로 돌아오는데 거실에서 두 분이 대화하는 소리가 들렸다.

"수프 너무 맛있어요!" 내가 아저씨에게 소리쳤고 아주머니가 대답했다. "우리 예쁜 아가씨들 어디 한번 볼까!"

우린 괜찮아

두 사람은 소파에 축 늘어져 있었다. 아저씨는 책을 들고 있었고 아주머니는 잡동사니와 조그만 물건들이 들어있는 상자를 뒤지는 중이었다. 아주머니는 작품에 무얼 더할지에 관한 미스터리를 풀어보려 애쓰며 여전히 콜라주 작업에 몰두하고 있었다.

"이런!" 우리를 본 아주머니가 혼란스러운 표정으로 말했다.

"안 돼. 그건 안 돼, 안 돼, 안 돼." 자비에르 아저씨가 말했다.

"그게 대체 무슨 뜻이에요?" 메이블이 물었다.

"그런 차림으로는 집을 나설 수 없다는 뜻이야." 아저씨가 말했다.

"이게 어때서요." 메이블이 말했다. "진짜 안 돼요?"

아저씨가 스페인어로 말했고 메이블의 얼굴이 불만으로 달아올랐다.

"*엄마.*" 메이블이 말했다.

아주머니가 메이블과 나를 번갈아 쳐다보았다. 그의 시선이 메이블에게 고정되었다. "속옷 같아. 미안하다. *미아모르9),* 그런 옷차림으로 나가는 건 안 돼."

"*엄마.*" 메이블이 말했다. "시간이 없어요!"

"너 옷 많잖아." 아저씨가 말했다.

"노란 드레스는 어때?" 아주머니가 물었다.

메이블이 한숨을 쉬고 쿵쿵거리며 위층으로 올라갔고 나는 여

---

9) 스페인어로 '내 사랑'이라는 뜻.

전히 그들 앞에 서있었다. 그들의 딸과 똑같은 드레스를 입고 있는 나에게도 무슨 말이든 해주기를 기다리면서. 얼굴이 벌겋게 달아오르는 게 느껴졌지만 화가 나서는 아니었다. 창피해서였다. 그게 어떤 기분인지 알고 싶었다. 그들이 내게 안 된다고 말해주기를 바랐다.

아저씨는 벌써 책으로 돌아갔지만 아주머니는 날 쳐다보고 있었다. 무언가 고민을 하는 중이란 걸 알 수 있었다. 내가 거기서 좀 더 기다렸다면 아주머니가 내게 무슨 말을 했을지 아직도 나는 궁금하다. 말을 하긴 했을까. 내게는 옷을 갈아입으라고 말하지 않을지도 모른다는 생각에 나는 참담한 기분이 들었다. 할아버지는 내 옷차림을 신경쓰지 않았다.

나는 아주머니의 시선이 다시 내게로 향하고 적절한 말이 이어지는지 보기 위해 기다리지 않았다. 메이블의 방문이 닫히는 소리가 들렸고 나는 메이블의 뒤를 따라 뛰어 들어갔다. 메이블이 옷장을 뒤지며 괜찮은 옷들까지 전부 한심하다고 말하는 소리가 들렸지만, 내가 어떻게 해야 할지 생각하느라 귀담아 듣지 않았다. 입고 온 청바지가 있긴 했으나 셔츠가 너무 수수했다. 나는 메이블이 책상 위에 놓아둔 가위를 집어 들었다. 그리곤 드레스의 허리 밑을 잘랐다.

"뭐 하는 거야?" 메이블이 물었다. "넌 안 갈아입어도 돼."

"이렇게 해서 입는 게 훨씬 더 근사할 걸." 내가 말했다.

나는 청바지를 입은 다음 스커트가 잘려나간 드레스의 밑부분을 바지 속에 넣었다. 거울을 보았더니 정말 그랬다, 훨씬 더 근사했다. 우리는 다시 아래층으로 내려갔다. 자비에르 아저씨가 메이블이 갈아입은 옷을 칭찬하고 딸의 이마에 키스할 때에도 메이블은, "어련하시겠어."라고 중얼거리며 따분하다는 듯 눈을 치켜떴다. 아주머니는 소파에서 벌떡 일어나 내 손을 잡았다.

"예쁘다!" 아주머니가 말했다. "훌륭한 선택이야."

나는 고마움을 느끼며 기분이 들떠서 집을 나섰다. 메이블의 부모님이 집에 올 땐 차를 타되 술 마신 친구들하고는 같이 타지 말고, 11시가 넘으면 걸어오지 말라는 주의사항을 다시 한번 외쳤다. 우리는 알았다고 소리쳤다. 우리는 게레로 스트리트를 걸었다. 나는 가장 친한 친구와 함께 있는 소녀, 훌륭한 선택을 한 소녀였다.

벤의 집에는 사람들이 너무 많았다. 거실과 주방이 너무 북적여서 그들이 우리에게 건네는 말들이 잘 들리지 않았다. 메이블이 주방을 가리켰고 나는 고개를 저었다. 굳이 그러고 싶지 않다. 거실에 벤이 있는 것을 보고 나는 메이블의 손을 잡았다.

"레이니 어디 있어?" 보드라운 초록색 러그 위에 자리를 잡고 앉아 그에게 물었다. 도시의 불빛이 창문으로 새어 들었고 이 모든 것의 향수가 밀려들었다. 7학년 때 벤과 나는 몇 달 동안 키스를 나누곤 했었다. 그러다 어느 순간 얘기하는 게 더 재미있다는 걸 알았다. 이 거실에 그와 함께 있는 건 아주 오랜만이었다. 비록 다른 아이들과 함께이긴 했지만. 이 시끌벅적함 속에서, 아이들이 서로에게 자신을 드러내고 감정이 격해지는 모습을 보면서, 나는 우리가 그냥 친구로 남을 사이라는 것을 깨닫게 된 후 그와 나, 그리고 개와 함께했던 나른한 오후들을 떠올렸다.

"부모님 방에 있어." 그가 말했다. "사람들이 많으면 불안해해서. 보고 싶으면 가서 인사해도 돼. 사료 어디 있는지 알지?"

"응." 내가 말했다. "알아."

몇 년이 흘렀지만 선반 위 요리책들 옆에 사료통이 놓여있던 것을 기억하고 있었다. 사람들 틈을 지나 주방 옆 공간으로 갔고, 내가 기억하고 있는 바로 그 자리에 양철통이 있었다. 벤의 부모님 방은 조용했고, 내가 들어서자 레이니가 낑낑거렸다. 나는 문을 닫고 카펫에 앉아 레이니에게 사료 다섯 알을 주었다. 열세 살 때 그랬던 것처럼 한 알씩 차례로 주었다. 나는 레이니의 머리를 조금 오랫동안 쓰다듬어 주면서 그 방에 있었다. 사람들이 들어가면 안 되는 곳에 혼자 있으니 특별한 사람이 된 것 같은 기분이 들었다.

우린 괜찮아

다시 거실로 돌아가 메이블과 벤 사이에 앉았을 땐 코트니와 몇몇 아이들이 대화에 열을 올리고 있었다. "기본적으로 우리가 이 도시의 유일한 십 대들이야." 어느 남자애가 말했다. "모든 사립학교가 해마다 학생들이 줄어드는 걸 걱정하고 있어."

"우리 어쩌면 이사 갈지도 몰라." 코트니가 말했다.

"뭐?" 벤이 고개를 저었다. "너와 내가 한 동네에 산 건…… *내 평생인데.*"

"알아. 완전 황당하지. 내가 동생하고 방을 같이 쓰는데 이젠 그게 좀 그렇더라고. 애가 꼬마였을 땐 괜찮았는데 사춘기에 접어든 남동생? 그건 얘기가 다르지."

"어디로 가는데?" 내가 물었다.

샌프란시스코는 언제나 나에게 레스토랑과 공원이 있는 신비로운 이스트 베이, 부촌과 삼나무 숲이 있는 노스 베이로 둘러싸인 하나의 섬처럼 느껴졌다. 도시의 남쪽에는 죽은 자들이 묻혀 있었지만 나의 엄마는 없었다. 엄마의 유골은 엄마를 죽인, 그러나 엄마가 사랑했던 바다로 돌아갔다. 그 남쪽으로는 자그마한 해안 도시들이 있고 그다음엔 실리콘 밸리와 스탠포드가 있었다. 그러나 내가 아는 모든 사람, 내가 알았던 모든 사람들은 전부 시내에 살았다.

"콘트라 코스타." 코트니가 말했다.

"웩." 벤이 말했다.

"보아하니 너 거기 한 번도 안 가봤구나."

"보아하니 네 말이 맞는 것 같다."

"고상한 척하기는!" 코트니가 그의 다리를 주먹으로 쳤다. "거기 괜찮은 동네야. 나무도 많고. 나도 이제 방 세 개짜리 집에 살고 싶어."

"우리 집도 방 세 개야. 방 세 개짜리 집이 뭘 그리 찾기가 어렵다고 그래. 선셋 쪽으로 알아 봐. 마린이 거기 살잖아."

"너희 집 얼마나 커?" 코트니가 나에게 물었다.

"주택이고." 내가 말했다. "꽤 커. 방은 세 개인 거 같아."

"세 개인 거 같다니. 그게 무슨 뜻이야?"

"할아버지가 안쪽을 쓰고 내가 바깥쪽을 쓰거든. 내 생각엔 안쪽에 방이 두 개인 것 같아. 어쩌면 세 개."

코트니의 눈이 가늘어졌다.

"그럼 너희 집 안쪽에 가본 적이 없다는 거야?"

"그렇게 이상한 일은 아니잖아." 내가 말했다. "할아버지가 서재하고 침실을 쓰는데, 침실 문을 터서 큰 벽장 아니면 작은 방처럼 생긴 공간하고 연결되어 있거든. 그걸 방 하나로 쳐야 하는지 잘 모르겠어."

"방에는 벽장이 있어야 해. 벽장이 없으면 방으로 안 쳐." 부동

우린 괜찮아

산 중개업자의 딸인 엘레노어가 알려주었다.

"아." 내가 말했다. "그럼 전부 합해서 방이 세 개야. 거긴 벽장이 없거든."

"거긴 아마 응접실일걸." 엘레노어가 말했다. "오래된 주택에는 대부분 가장 큰 방에 응접실이 딸려있어."

나는 고개를 끄덕이긴 했지만 전혀 확신이 없었다. 할아버지의 서재를 두어 번 흘끔 들여다본 게 전부였다. 그게 우리가 사는 방식이었다. 나는 할아버지의 사생활을 존중했고 할아버지도 나의 사생활을 존중했다. 메이블도 그런 방식을 좋아할 것이다. 애나 아주머니가 항상 메이블의 서랍을 뒤졌으니까.

그러나 밤이 깊어질수록, 사람들이 끊임없이 나타났다가 사라지고, 이웃들 때문에 음악을 줄이고, 알코올이 넘쳤다가 빠져 나가는 동안, 자꾸만 코트니의 그 표정이 눈에 밟혔다. 가늘게 뜬 눈. 말투. *너희 집 안쪽에 들어가 본 적이 없다고?*

코트니의 말이 맞았다. 나는 거기 들어가 본 적이 없다.

밤중에 몇 번인가, 할아버지가 서재 책상 앞에 앉아 담배를 피우고 크리스털 재떨이에 재를 털며, 청동 체인이 달린 구식 책상 램프의 불빛 아래서 편지를 쓰는 모습을 문간에서 엿본 게 다였다. 서재 문은 대부분의 시간에 닫혀 있었지만, 때로는 끽 소리와 함께, 아마도 실수로, 열리곤 했다.

가끔은 내가 "안녕히 주무세요."라고 소리쳤고 그럴 때면 할아버지도 나에게 밤 인사를 했다. 그러나 대부분의 시간에 나는 할아버지를 방해하지 않기 위해 조용히 그 방을 지나쳐서 우리의 공동구역으로, 또는 메이블과 나 말고는 아무도 간 적 없는 나의 방으로 가곤 했다.

"걘 대체 뭐가 문제야?" 보도로 나와 가로등 아래서 차를 기다리고 있을 때 메이블이 물었다. 나는 고개를 저었다. "코트니 걔 좀 공격적이더라."

내가 어깨를 으쓱했다. "난 상관없어."

나는 여전히 책상 앞에 앉아있는 할아버지 생각을 하고 있었다. 왜 내가 그 방 앞을 지날 때 조용히 지나치려 애썼는지를.

단지 할아버지의 사생활을 존중하려 했을 뿐이었다. 할아버지는 나이가 들었고 눈 흰자위가 점점 더 노란색으로 변해갔고 안에서 무언가를 쏟아낼 듯이 기침을 했다. 일주일 전 할아버지가 입에 댔던 손수건에 붉은 피 한 방울이 묻어있었다. 할아버지에겐 조용한 휴식이 필요했다. 체력을 아껴야 했다. 내 딴엔 할아버지를 위한 배려였는데. 누구라도 그렇게 했을 것이다.

그런데도 여전히 남아있는 의심들, 의심들.

우리 앞에 택시가 섰고 우리는 뒷좌석에 올라탔다. 메이블이 주소를 알려주자 기사가 룸미러로 메이블을 쳐다보았다.

우린 괜찮아

그가 미소를 짓더니 메이블에게 스페인어로 말을 건넸다. 너무도 노골적으로 추파를 던지는 말투라 통역이 필요치 않았다.

메이블이 기가 차다는 듯 익살스럽게 눈을 위로 치켜떴다.

"멕시코?" 그가 물었다.

"씨10)."

"콜롬비아." 그가 말했다.

"《백년 동안의 고독》은 제가 가장 좋아하는 책이에요." 내 말이 채 끝나기도 전에 벌써 창피했다. 콜롬비아 출신이라고 해서 무조건 그 책에 관심이 있는 건 아닐 텐데.

그가 거울의 각도를 조절해 처음으로 나를 보았다.

"가르시아 마르케즈를 좋아하니?"

"사랑하죠. 아저씨는요?"

"사랑하느냐고? 아니. 존경하느냐고? 응." 그가 발렌시아가로 우회전을 했다. 여전히 인파로 북적이는 보도 쪽에서 한바탕 웃음소리가 들렸다.

"시엔 아노스 데 솔레다드11)." 그가 말했다. "그 책을 가장 좋아한다고? 정말로?"

"그게 그렇게 믿기 힘든 일이에요?"

"그 책을 좋아하는 사람은 많지. 하지만 넌 너무 어려."

메이블이 그에게 스페인어로 뭔가를 말했다. 내가 메이블의 다

---

10) 스페인어로 '네'라는 뜻.
11) 스페인어로 '백년 동안의 고독'이라는 뜻.

리를 때리자 메이블이 내 손을 잡았다. 아주 꽉.

"네가 나이에 비해 엄청 똑똑하다고 말했어." 메이블이 말했다.

"아." 내가 미소를 지었다. "고마워."

"*인텔리헨테*[12], 좋아." 그가 말했다. "그렇구나. 하지만 내가 물어본 이유는 그게 아니야."

"근친상간 때문에요?" 내가 말했다.

"아! 그것도 그렇지만. 그것 때문도 아니야."

그가 메이블의 집 앞에 차를 세웠을 때 나는 그가 이 블록을 한 바퀴 돌아주었으면 좋겠다고 생각했다. 메이블이 나에게 몸을 기대고 있어서 손은 놓았지만 여전히 서로의 몸에 닿아있었다. 그게 왜 그렇게 기분이 좋은지는 알 수 없었지만 그 기분이 끝나지 않기를 원한다는 건 알았다. 택시 기사가 내가 여러 번 읽은 책에 대해 얘기해 주려 애쓰고 있었다. 내가 끊임없이 발견하고 이해하려 애썼던 책. 나는 그가 밤새도록 돌아주기를 바랐다. 메이블과 나의 몸이 서로에게 편히 기대어 쉴 수 있도록. 열정과 시련의 부엔디아 가족이, 한때는 위대한 도시였던 마콘도가, 가르시아 마르케즈가 수많은 문장 속에 마법을 엮어 넣었던 것처럼 차 안을 채울 수 있도록.

그러나 그는 차를 세웠다. 그가 몸을 돌려 나를 똑바로 보았다.

"난해한 내용을 두고 하는 말이 아니야. 섹스를 두고 하는 말도

12) 스페인어로 '똑똑하다'라는 뜻.

우린 괜찮아

아니고. 그 책엔 너무 많은 좌절이 담겨있잖아. 희망이 별로 없어. 모든 게 절망이지. 모든 게 고통이고. 내가 하려는 말은, 슬픔을 쫓는 사람이 되지 말란 거야. 슬픔이라면 이미 우리 삶에 충분하니까."

그렇게 끝나버렸다. 자동차 여행과 토론, 내 몸에 밀착된 메이블의 몸은. 우리는 메이블의 집 앞뜰로 들어섰고 나는 기억을 되살려 보려 애썼다. 밤이 더 추워지며 코트니의 목소리가 다시 귓가에 울렸다.

그 목소리를 없애고 싶었다.

우리는 계단을 올라가 메이블의 방으로 들어갔고 메이블이 문을 닫았다.

"그 사람 말이 맞아?" 메이블이 내게 물었다. "넌 슬픔을 쫓는 사람이야? 아니면 그냥 그 책이 좋은 거야?"

"나도 모르겠어." 내가 말했다. "내가 그런 사람인지 잘 모르겠어."

"나도." 메이블이 말했다. "하지만 재밌는 말이긴 하네."

나는 오히려 그 반대인 것 같다고 생각했다. 나는 슬픔을 차단하고 있는 게 분명했다. 책에서 슬픔을 찾았다. 현실보다는 소설을 읽고 울었다. 진실은 틀에 갇히지 않았고 꾸밈이 없었다. 진실에는 시적인 표현도 없고, 노란 나비들도 없고, 엄청난 홍수도 없었다. 물에 잠긴 도시도 없고 똑같은 이름을 갖고 태어나 똑같은 실수를 반복하는 남자들도 없었다. 진실은 그 안에서 익사하고도 남을 정도로 광활했다.

"너 좀 심란해 보인다." 메이블이 말했다.

"목말라." 나는 거짓말을 했다. "물 가져올게."

나는 맨발로 계단을 내려가 주방의 불을 켰다. 찬장 쪽으로 가서 유리잔을 꺼내 물을 따르다가 애나 아주머니가 아일랜드 식탁 위에 올려놓은 콜라주 작품과 쪽지를 보았다. "*그라시아스*[13], 마린. 나한테 필요한 게 바로 이거였어."

내 드레스의 자투리 천인 검은 새틴이 캔버스 하단에서 물결을 이루었다. 그것은 검은 밤이고 검은 바다였다. 그러나 주방의 불빛에 의해 황철광 별들이 반짝였고, 파도 속에 흰색과 분홍색으로 손수 색을 칠한 조개껍데기들이 튀어나와 있었다. 우리 엄마가 좋아했던 조개껍데기였다.

나는 작품을 바라보았다. 물을 마시고 나서 다시 잔을 채웠다. 나는 그 작품을 한참 동안 바라보았지만 그게 대체 어떤 의미인지는 좀처럼 알 수 없었다.

13) 스페인어로 '고마워'라는 뜻.

우린 괜찮아

제8장

뉴욕의 겨울 폭풍이 뭔지 이제야 알 것 같다. 우리는 안전한 기숙사에 머물고 있지만 밖에는 눈이 흩날리는 정도가 아니라 펑펑 쏟아져 내린다. 대지가 사라지고 있다. 도로도 없고 보도도 없다. 나뭇가지는 희고 무겁고, 메이블과 나는 기숙사에 갇혔다. 일찌감치 나갔다 오길, 제때 들어오길 잘했다.

그게 우리의 유일한 외출이고 이제 당분간 아무 데도 못 갈 것이다.

"피곤해." 메이블이 말한다. "아니면 낮잠 자기 좋은 날씨라서 그런가."

메이블은 남아있는 시간이 두려운 걸까. 어쩌면 괜히 왔다고 생각할지도.

나도 눈을 감아야겠다고, 이 역겨운 기분을, 내가 메이블의 시간, 메이블의 돈, 메이블의 수고를 낭비하고 있다는 속삭임을 잠으로 떨쳐내야겠다고 생각한다.

그러나 속삭임은 오히려 더 커진다. 메이블의 호흡은 잠과 함께 깊고 안정적으로 변하고 나는 머릿속에 온갖 생각들이 들끓는 상태로 깨어있다. 나는 메이블의 문자에 답하지 않았다. 메이블은 날 자기 집으로 데려가려고 뉴욕까지 날아왔는데, 나는 그러겠다고 대답조차 할 수가 없다. 헛수고, 헛수고.

한 시간 가까이 그 상태로 누워있자니 도저히 더 이상은 견딜 수가 없다.

내가 이 상황을 개선할 수 있다.

아직은 시간이 있다.

나는 20분 뒤 방으로 돌아온다. 사워크림과 살사소스를 곁들이고, 양쪽 가장자리를 완벽한 갈색으로 그을린 케사디아[14] 두 접시를 들고서. 자몽 스파클링 워터 두 캔은 팔꿈치와 갈비뼈 사이에 끼고 있다. 문을 여니 다행스럽게도 메이블이 깨어있다. 한나의 침대에 앉아 창밖을 내다보고 있다. 순백색. 온 세상이 얼어붙으려나 보다.

나를 보자마자 메이블이 벌떡 일어나 접시와 캔을 받아든다.

---

14) 토르티야 사이에 치즈, 소시지, 야채 등을 넣어서 구운 멕시코 요리.

우린 괜찮아

"배고파서 깼어."

"상점에서 *크레마*를 안 팔더라." 내가 말한다. "사워크림이 괜찮았으면 좋겠다."

메이블이 한 입 먹어보곤 괜찮다는 의미로 고개를 끄덕인다. 우리는 캔을 딴다. 탁 하는 소리. 나는 이 순간 우리 사이의 감정을 정의해 보려 애쓰고 무언가 달라졌기를, 그래서 잠시라도 우리가 서로를 편안히 여길 수 있기를 바란다. 우리는 굶주린 침묵 속에서 먹다가 눈에 관한 한두 마디로 그 침묵을 끊는다.

우리가 다시 괜찮아질 수 있을까. 부디 그럴 수 있기를.

메이블이 어두워지는 창가로 다가가 나의 페퍼로미아를 바라본다.

"잎 끝부분에 분홍빛이 감도네." 메이블이 말한다. "아까는 못 봤는데. 새 화분에 심으면 어떨지 한번 해보자."

메이블이 공방 쇼핑백 쪽으로 손을 뻗는다.

"보지 마!" 내가 말한다. "그 안에 너한테 줄 게 있어."

"무슨 소리야? 네가 산 건 내가 다 봤는데!"

"*전부 다*는 아니야." 내가 웃으며 말한다.

메이블은 내 말에 감동하며 기뻐한다. 예전처럼 나를 본다.

"나도 너한테 줄 거 있어." 메이블이 말한다. "근데 집에 있어.

그거 받으려면 나하고 같이 집으로 가야 해."

그럴 의도는 없었는데 시선을 피하게 된다.

"*마린.*" 메이블이 묻는다. "혹시 내가 모르는 뭔가가 있는 거야? 새로 찾은 가족이라도? 아니면 비밀 협회나 모임 같은 거? 내가 알기로 너한테는 아무도 없어. 그리고 난 너한테 엄청나게 크고 엄청나게 좋은 제안을 하고 있어."

"알아. 미안해."

"난 네가 우리 부모님을 좋아하는 줄 알았어."

"물론 좋아해."

"이것 좀 봐." 메이블이 휴대폰을 집어 든다. "우리 엄마가 나한테 보낸 거야. 이게 널 위한 깜짝쇼였어."

메이블이 내 쪽으로 화면을 돌린다. 애나 아주머니의 감각적인 글씨체로 내 이름이 방문에 쓰여있다.

"내 방을 만들었어?"

"널 위해 방을 완전히 새로 꾸몄어."

메이블이 왜 화가 났는지 알고 있다. 내가 가겠다고만 하면 간단할 텐데.

나도 그러고 싶다.

손님방의 벽은 쨍한 파란색이다. 페인트 색이 아니라 석고 자체의 색이 그렇다. 마룻바닥은 완벽하게 닳아있다. 긁힐 걱정을

우린 괜찮아

할 필요가 없다. 나는 그곳에 사는 내 모습, 나만의 손님방에 영원한 손님으로 사는 모습, 머그잔에 커피를 따라 마시고 유리잔에 물을 따라 마시는 내 모습을 상상해 본다. 맛있는 식사 준비를 돕고 앞쪽 베란다에 있는 허브 화단에서 세이지와 타임을 한 움큼 따는 모습을 상상해 본다.

그곳에 사는 모습을 상상할 수 있고 내가 해야 할 일이 무언지도 알고 있지만, 느낄 수가 없다.

가겠다고 대답할 수가 없다.

여기서 사는 법도 이제 막 터득했다. 삶은 종잇장처럼 얇고 찢어지기 쉽다. 급격한 변화로 찢어발겨질 수도 있다.

수영장, 어느 거리의 어느 상점들, 스톱 앤드 숍, 이 기숙사, 나의 수업이 있는 건물들, 모든 게 더 이상 안전할 수 없을 정도로 안전한데도, 나에겐 충분히 안전하지 않다.

캠퍼스를 나서면 오른쪽으로는 절대 가지 않는다. 모텔에서 너무 가깝기 때문이다. 샌프란시스코로 가는 비행기를 탄다는 건 상상조차 할 수가 없다. 그것은 곧 폐허 속으로 날아가는 것이다. 그러나 이런 내 마음을 메이블에게 어떻게 설명할 수 있을까? 좋은 곳에도 유령이 있다. 메이블의 집 현관 앞 계단을 올라가는 생각만으로도, 31번 버스를 타는 생각만으로도, 나는 엄청난 두려움에 휩싸인다. 내가 살던 집과 오션 비치를 생각할 때마다 공포가 내 몸을 훑고 지나간다.

"야." 목소리가 다정하다. "너 괜찮아?"

고개를 끄덕이지만 정말 괜찮은지는 모르겠다.

우리 집의 정적. 손대지 않은 채로 그대로 남겨져 있던 음식. 내가 혼자라는 깨달음에서 오는 날카로운 두려움.

"너 지금 떨고 있어." 메이블이 말한다.

수영을 해야 한다. 그렇게 물속으로 풍덩. 그 정적. 나는 눈을 감고 그 정적을 느껴보려 한다.

"마린? 무슨 일이야?"

"난 노력하는 중이야……." 내가 말한다.

"어떤 노력?"

"얘기 좀 해줄 수 있어?"

"물론."

"아무 얘기나. 네가 듣는 수업 얘기 들려줘."

"좋아. 나 지금 미술사 듣고 있잖아? 나 어쩌면 부전공으로 미술 선택할지도 몰라. 멕시코 미술이 참 좋더라고. 엄마가 엄청 좋아해. 프리다 칼로가 좋아. 그 여자 그림은 정말…… 강렬해. 자화상이 많은데, 얼굴에서 어깨까지 다양한 변형으로 세밀하게 그렸어. 가끔은 동물들하고 같이 있어. 원숭이들이라든가, 털이 없는 기괴한 개라든가, 그런 것들. 그보다 더 단순한 것들도 있어.

우린 괜찮아

이렇게 얘기하는 거 맞아? 지금 내가 도움이 되고 있어?"

내가 고개를 끄덕인다.

"요즘 내가 가장 좋아하는 작품은 ≪두 명의 프리다≫야. 그림은 거의 제목 그대로야. 두 가지 버전의 프리다가 벤치에 나란히 앉아있어. 한 명은 섬세한 레이스와 칼라가 달린 길고 흰 드레스를 입고 있고 또 한 명은…… 정확하게는 기억이 안 나는데 어쨌든 좀 더 편안한 차림이야. 그 그림에서 내가 좋아하는 점은 그 둘의 심장을 볼 수 있다는 거야. 가슴 속이 들여다보여. 아니면 심장이 가슴 밖으로 나와있다고 해야 하나. 그 여자 그림이 전반적으로 그렇지만 약간 괴기스러운데 그러면서도 극적이고 아름다워."

"보고 싶다."

"원하면 보여줄 수 있어. 잠깐만."

내가 눈을 뜬다.

우리는 내 방에 있다.

나의 두 손은 움직이지 않는다.

메이블이 내 책상 위에 있던 노트북을 들고 와서 검색어를 입력한다. 내 옆에 앉고 노트북을 우리 사이, 내 한쪽 무릎과 자신의 한쪽 무릎 위에 올려놓는다. 그림은 메이블이 묘사한 그대로지만 그 외에 다른 것도 있다. 두 명의 프리다 뒤로 잿빛을 띤 파란색과 흰색의 먹구름이 있다.

"봐도 잘 모르겠다." 내가 말한다. "고통이 다가오는 건지 아니면 이미 지나가 버린 건지."

"어쩌면 고통의 한복판에 있는 건지도." 메이블이 말한다. "심장에 무슨 일이 일어나고 있는 건지도 몰라."

두 개의 심장이 가느다란 줄로 연결되어 있다. 혈관. 그리고 그 혈관에서 프리다의 흰 드레스 위로 피가 흐르고, 프리다는 가위를 들고 있다. 내가 심장을 가리킨다.

"여기선 가슴 속 심장이 들여다보여." 내가 말한다. "아파 보여. 하지만 다른 심장은……." 내가 프리다를 가리킨다. "밖으로 나와 있어. 그래도 이건 온전한 심장이네."

"맞아." 메이블이 말한다.

흰 드레스를 입은 프리다는 가위를 들고 있고, 다른 프리다는 다른 무언가를 들고 있다.

"뭘 들고 있는 거야?"

"디에고 리베라의 조그만 초상화. 두 사람이 이혼하는 과정에서 이걸 그렸대."

"이제 곧 그를 잃을 참이구나." 내가 말한다.

"응, 그런 것 같아." 메이블이 말한다. "교수가 그렇게 말하더라. 하지만 그럼 너무 단순한 거 아니야?"

내가 메이블을 돌아본다.

우린 괜찮아

"복잡한 게 좋은 거야?" 내가 묻는다.

메이블이 미소를 짓는다. "당연하지."

나는 다시 화면을 본다. "어쩌면 그냥 단순하게 보이는 그대로일 수도 있어. 과거의 여자는 이런 사람이었어. 제대로 된 심장과 사랑하는 사람을 가진 사람. 그땐 마음이 편안했어. 그러다가 무슨 일이 있었고 그래서 변한 거야. 상처를 입은 거지."

"혹시 뭔가 하고 싶은 얘기가 있어?" 메이블이 말한다. "드디어 내 질문에 답하는 거야? 이런 방식을 원한다면, 네가 분석할 그림을 얼마든지 찾아줄 수 있어."

"아니." 내가 말한다. "그러니까 내 말은, 내가 이 여자 마음을 이해한다는 거고, 지금 내 상태가 그렇다는 건 아니야. 난 그냥 네가 보여주는 그림을 보고 있을 뿐이야."

"이 그림에서 가장 내 마음에 드는 점이 있다면." 메이블이 말한다. "두 사람이 그림 가운데에서 손을 잡고 있다는 거야. 그게 진짜 중요해. 내가 보기엔 그게 이 그림의 주제인 거 같아."

"그건 여러 가지 의미로 해석될 수 있잖아."

"여러 가지 의미? 나는 그게 두 명의 프리다가 여전히 서로 연결되었다는 의미로만 생각했는데. 변화를 겪긴 했지만, 그래도 여전히 같은 사람이라는."

"응, 그런 의미일 수도 있겠지." 내가 말한다. "하지만 다른 의미일 수도 있어. 온전한 프리다가 상처 입은 프리다를 본래 모습으로 되돌려 주려 애쓰는 거지. 마치 프리다가 겪은 일을 돌이켜 주려는 것처럼. 아니면 상처 입은 프리다가 예전의 자아를 새로운 삶으로 이끄는 것일 수도 있고. 아니면 두 사람이 서로에게서 거의 분리된 상태인데, 완전히 헤어지기 전 마지막 교감의 순간에 손을 잡고 있는 걸 수도 있어."

메이블이 그림을 쳐다본다.

"근데 넌 전공을 *왜* 바꾸려는 거야?" 메이블이 묻는다.

"왜냐하면, 손을 잡고 있는 건 그냥 손을 잡고 있는 것일 뿐이야. 다른 가능성을 생각해 볼 필요가 없는 편이 더 낫지 않아?"

"아니." 메이블이 말한다. "전혀 그렇지 않아. 하나의 사물을 여러 가지 방식으로 볼 수 있다는 사실을 아는 게 어느 모로 보나 훨씬 나아. 난 이 그림이 더 좋아졌어."

메이블이 노트북을 침대에 내려놓는다. 자리에서 일어나 나를 쏘아본다.

"솔직히 말이 돼?" 메이블이 말한다. "*자연과학*이라니."

그 순간 온 세상이 캄캄해진다.

우린 괜찮아

제9장

우리는 걱정할 필요가 없다는 결론을 내린다. 비록 기숙사는 춥고 점점 더 추워지고 있지만, 우리에겐 재킷과 담요가 있다. 정 견디기 힘들면 자물쇠를 따고 양초를 꺼내올 수도 있다. 일단 지 금은 한나의 책상 서랍에 있던 티라이트[15]들이 있다.

휴대폰은 아직 배터리가 남아있지만 우리는 전화를 아껴 쓰기 로 한다. 어차피 와이파이도 없다.

"우리 2학년 때 정전됐던 거 기억나?" 메이블이 묻는다.

"내가 밤새 낭독하고 너한테 들으라고 했지."

"실비아 플라스[16]와 앤 섹스턴[17]."

"맞아. 암울한 시들이었어."

---

15) 용기에 들어있는 동그랗고 조그만 향초.
16) 미국의 시인이자 단편소설 작가.
17) 실비아 플라스와 동시대에 살았던 미국의 시인.

"응. 하지만 재미도 있었어."

"도발적이었지." 내가 말한다. 나는 그 시 속의 번뜩임을 기억하고, 나를 위험하고도 강하게 만들었던 구절들을 기억한다. '레이디 라자러스'와 '대디[18]'와 앤 섹스턴이 재구성한 동화들.

"문학 수업에서 실비아 플라스의 육성을 들은 적이 있어. 목소리가 내가 상상했던 거하고 다르더라."

그 목소리를 나도 알고 있다. 때로는 늦은 밤에 그 목소리를 듣곤 했다. 플라스의 말 한마디 한마디가 비수였다.

"목소리가 어떨 거라고 상상했는데?" 내가 묻는다.

메이블이 어깨를 으쓱한다. "네 목소리 같을 거라고 생각했어."

우리는 침묵으로 빠져든다. 추워질수록 걱정을 안 할 수가 없다. 자물쇠를 못 따면 어쩌지? 앞으로 며칠 동안 계속 전기가 안 들어오면? 너무 추워서 잠을 자다가 제때 깨어나지 못하면?

"아무래도 휴대폰 꺼두는 게 좋겠다." 내가 말한다. "나중에 필요할 때를 대비해서."

메이블이 고개를 끄덕이며 휴대폰을 바라본다. 전원을 끄기 전에 제이콥에게 전화를 해야 할지 망설이는 걸까. 휴대폰 화면의 불빛이 메이블의 얼굴을 비추지만 나는 표정을 읽을 수가 없다. 버튼을 누르자 메이블의 얼굴이 다시 어두워진다.

18) 실비아 플라스의 대표 시들.

우린 괜찮아

나는 내 휴대폰을 찾기 위해 방을 가로지른다. 메이블처럼 혹은 예전에 내가 그랬던 것처럼 휴대폰을 항상 가까이에 두지는 않는다. 나는 문자도 전화도 받지 않는다. 나는 클로디아의 공방 쇼핑백 옆에 있던 휴대폰을 집어 든다. 전원을 끄기 직전에 휴대폰이 울린다.

"누구야?" 메이블이 묻는다.

"나도 몰라." 내가 말한다. "여기 지역 번호네."

"받아봐."

"여보세요?"

"얼마나 오래 여기 있을 생각인지는 모르겠지만." 남자가 말한다. "거기 점점 추워질 텐데요. 그리고 너무 컴컴하네요."

내가 창밖을 내다본다. 관리인이 눈 속에 서있다. 그의 트럭 헤드라이트 불빛만 보일 뿐 그의 모습은 거의 보이지 않는다.

"메이블." 내가 속삭인다. 메이블이 휴대폰에서 눈을 떼고 창가로 다가와 내 곁에 선다.

내가 티라이트 한 개를 창문 앞에서 흔든다. 나의 작은 신호가 그가 서 있는 자리에서 보일런지. 그가 한 손을 들고 흔든다.

"관리인 숙소도 정전이죠?" 내가 묻는다.

"네." 그가 말한다. "하지만 난 기숙사에서 사는 건 아니잖아요."

우리는 입김으로 촛불을 끈다. 방한화를 신고 칫솔을 챙긴다. 그리고 견디기 힘든 추위 속으로 들어선 다음 기숙사 건물에서부터 시동이 걸린 채 서있는 트럭까지 발자국을 남기며 걷는다.

가까이에서 보니 그는 생각보다 젊다. *아주 젊은 것도 아니지만, 그렇다고 나이 든 것도 아니다.*

"토미예요." 그가 말한다. 그가 손을 내밀어 악수를 한다.

"마린이에요." 내가 말한다.

"메이블이에요."

"마린, 메이블, 두 사람 진짜 운 좋은 줄 알아요. 숙소 거실에 벽난로가 있고 접이식 소파베드도 있거든요."

그 얘기를 듣는 순간 반갑긴 했지만, 캠퍼스 가장자리에 있는 조그만 그의 숙소로 들어설 때까지만 해도 우리에게 필요한 게 바로 이것이었음을 제대로 깨닫지 못했다. 너무 추워서 따뜻함이 어떤 건지 잊고 있었다. 그의 벽난로에서 치직거리며 불길이 타올랐고 천장과 벽에 불빛을 드리웠다.

"오븐도 켜놓았어요. 오븐만으로도 집 안을 데울 수 있거든요. 손이 닿지 않게 조심해요."

사방이 나무 패널 벽이다. 모든 게 낡았지만 보드랍다. 양탄자 위에 양탄자, 소파들과 과하게 솜을 넣은 의자들, 그 모든 것에 걸쳐놓은 담요들. 그는 집 안을 안내해 주겠다고 나서지 않는다. 그러나 작은 공간이라 우리가 있는 자리에서 거의 다 보인다. 우리는 그가 수다를 떨며 우리와 함께 밤을 보낼 건지, 아니면 인사를 하고 짧은 복도 끝 현관으로 물러날 건지 알려주기를 기다린다.

"이제 6시 반이니까." 토미가 말한다. "아직 식사는 못했겠죠?"

"두어 시간 전에 뭘 먹긴 했지만, 저녁은 아직 안 먹었어요."

"저녁을 꼭 챙겨먹는 편은 아니지만, 파스타와 소스 한 병이 있긴 한데⋯⋯."

그가 구식 스토브에 성냥으로 불을 붙이는 법을 보여주고 묵직한 은색 주전자에 물을 채운다. 그리곤 파스타를 통에 담아둔다. 양이 별로 많지 않다.

"말했다시피 내가 저녁을 꼭 챙겨 먹는 편이 아니어서요. 이게 두 사람 먹기에 충분했으면 좋겠네요."

그가 거짓말을 하는 건지는 잘 모르겠다. 기숙사를 나서기 전에 냉장고에 있던 음식을 떠올렸으면 좋았을 텐데. 이 눈과 어둠 속에서 길을 되돌아갈 엄두는 나지 않는다. "정말이요?" 메이블이 묻는다. "셋이 같이 먹어도 돼요. 그렇게 많이는 필요 없어요."

"아니, 아니에요. 정말 괜찮아요." 그가 다시 통 속의 파스타를 보고 얼굴을 찌푸리더니 냉장고 문을 연다. "횡재했네!" 그가 냉동 롤빵 한 봉지를 꺼낸다.

"심지어 오븐도 예열되어 있고요." 내가 말한다.

"일이 이렇게 되려고 그랬나보네요. 난 롤빵 두 개하고 치즈 몇 조각을 먹을게요. 두 사람이 파스타하고 나머지 롤빵하고 그 외에 먹을 수 있는 것들을 먹어요."

그가 냉장고를 열어 우리에게 안을 보여준다. 먹을 게 많진 않지만 깔끔하게 정리가 되어있다.

"좋아요." 메이블이 대답하고 나는 고개만 끄덕인다.

이곳은 내가 집을 떠난 뒤 처음 들어온 집이다. 눈이 어둠에 적응하자 새로 눈에 들어오는 것마다 놀라움으로 나를 채운다.

싱크대에는 접시가 몇 개 있고 문 앞에는 슬리퍼 한 켤레가 있다. 냉장고에는 사진이 세 장 붙어있다. 어린 소년, 친구들과 함께 있는 토미, 군복 입은 남자. 비디오 게임 컨트롤러 두 개가 책들과 함께 커피 테이블 위에 놓여있다.

냉장고 안의 그 무엇에도 이름표가 붙어있지 않다. 이곳에 있는 것들은 모두 그의 것이다.

거실에 있는 할아버지의 안락의자 위에는 항상 파란색과 황금색 담요가 걸쳐져 있었다. 겨울이 오면 수많은 시간 그 담요를 덮고 책을 읽다가 잠이 들었다. 담요는 군데군데 해졌지만 여전히 내게 온기를 주었다.

지금 그 담요는 어디 있을까.

그 담요가 있었으면.

우린 괜찮아

"마린." 토미가 말한다. "안 그래도 마린을 만나보려고 했어요. 내가 크리스마스를 보내러 캠퍼스 밖으로 나갔다가 아마도 밤을 보내고 올 것 같거든요. 친구들하고 비컨에 있을 거예요. 혹시 문제가 생기면 연락해 줘요. 경찰서와 소방서 전화번호도 여기 있어요. 직통으로 해요. 911 말고."

"네, 고마워요." 나는 메이블을 보지 않으려 애쓰며 말한다. 우리 물건들이 어떻게 되었는지 물어볼 수 있으면 좋으련만. 누가 보관하고 있을까? 그들은 내가 어디 있는지 궁금했을까?

애나 아주머니와 자비에르 아저씨. 그들은 경찰서에서 날 기다리고 있었다. 내가 사라졌다는 걸 알고 난 뒤 그들은 어디로 갔을까. 그들의 얼굴에 드리워졌을 표정들……. 상상조차 하고 싶지 않다.

나는 왜 그렇게 하겠다고 하지 않을까? 나는 왜 그들에게로 날아가서 그때 사라져 버려서 미안하다고 사과하고, 그들의 용서를 받고, 문에 내 이름을 써놓은 방의 침대에서 자지 않을까?

경찰서에서 내렸던 결정을 번복할 수 있다면 나는 뒷문으로 달아나지 않았을 것이다. 모텔에서 2주를 보낼 필요도 없었고 식당 커피를 생각만 해도 구역질이 나진 않을 것이다.

토미가 냉동 롤을 오븐에 넣는다. 그리고 성냥을 이용하여 버너에 점화한 다음 "가스라서 다행이야."라고 말한다. 메이블이 고개를 끄덕이고 나도 그렇게 한다.

그러나 나는 배가 고프지 않다.

"왜인지는 모르겠지만 전 아직 너무 추워요." 내가 말한다. "괜찮으시다면 저 불가에 좀 앉아 있을게요."

"얼마든지. 롤이 다 되면 나는 안쪽에 들어가있을 테니 두 사람은 편히 쉬어요. 선물을 포장해야 하고, 안 그래도 일찍 잠자리에 들 구실이 필요했거든요. 정전이 그 구실이 될 것 같아요."

나는 안락의자에 앉아 불길을 바라본다. 그리고 우리 집의 모든 것을 떠올린다.

담요.

할아버지의 어머니로부터 물려받은 놋쇠 주전자들.

동그란 식탁과 네모난 거실 테이블.

해진 쿠션들과 고리버들을 세공하여 만든 등받이 달린 의자들.

조그만 빨간 꽃들로 뒤덮인 할머니의 식기들.

짝이 안 맞는 머그잔들, 섬세한 찻잔들, 조그만 스푼들.

요란하게 째깍, 째깍, 째깍거리는 나무 시계와 할아버지의 고향 마을을 그린 유화.

손으로 색을 입힌 복도의 사진들, 소파에 놓인 자수 베개, 냉장고의 보스턴 테리어 모양 자석 밑에 붙어있는 늘 바뀌는 식료품 목록.

그리고 다시, 그 담요. 파란색과 황금색이 섞인 보드라운 담요.

토미가 인사를 한 뒤 복도 안쪽으로 들어가고 나와 함께 거실에 남게 된 메이블은 조그만 파스타 접시들을 커피 테이블 위에 놓고 바닥에 앉는다.

나는 맛을 보지 않고 먹는다. 배가 고픈지도 잘 모르겠지만 꾸역꾸역 먹는다.

제10장

6월

벤의 집에 갔다가 콜롬비아 출신 택시 기사를 만난 날로부터 2주가 지난 어느 날 메이블과 나는 몰래 외출을 감행하기로 했다. 메이블의 부모님은 항상 밤늦도록 깨어있었고 때로는 이른 새벽까지 깨어있었기 때문에 나는 몇 시간 뒤 메이블이 집 앞에 왔다고 알리면 그때 빠져나갈 생각으로 10시가 조금 넘어서 잠이 들었다.

할아버지는 대체로 저녁 6시에 식사를 준비했다. 할아버지가 특별한 음식을 만들 때를 제외하면 우리는 주로 주방에서 식사를 했다. 특별한 음식을 만들면 거실 테이블에 식사를 준비했고 반짝이는 청동 촛대를 가운데 놓았다. 저녁 식사를 마치고 나면 끊임없이 사용한 오래된 주방치고는 최대한 깨끗해질 때까지 닦고

우린 괜찮아

말렸다. 이후 할아버지는 안쪽 방으로 들어가 담배를 피우거나 편지를 쓰거나 책을 읽었다.

휴대폰이 울렸고 나는 조용히 집을 나섰다. 내가 규칙을 어기고 있는 줄도 몰랐다. 메이블과 함께 바닷가에 앉아 파도를 보며 얘기하기 위해 밤에 나가겠다고 말했다면 할아버지가 허락했을 수도 있었다. 할아버지에게 물어볼 수도 있었지만 그렇게 하지 않았다.

메이블은 보도에 있었고 검은 머리카락이 뜨개 모자 밑으로 흘러내렸다. 장갑을 낀 두 손은 맞잡고 있었다. 나는 스웨터 위에 파카를 입고 지퍼를 올렸다.

"너 꼭 에스키모 같다." 메이블이 말했다. "그렇게 껴입고 나오면 내가 널 따뜻하게 해줄 수가 없잖아."

우리는 웃었다.

"네가 원하면 가서 벗어놓고 올게." 내가 농담을 건넸다.

"얼른 올라가서 그 재킷 벗어놓고 할아버지 위스키나 들고 나오지 그래."

"아, 위스키를 가져오는 것도 나쁘지 않겠다."

나는 다시 집 안으로 들어갔다. 거실을 가로질러 주방 쪽으로 난 간이 문을 지나 진열장 안에 있던 위스키 병을 챙겼다.

나는 위스키 병을 재킷 속에 넣고 밖으로 나왔다. 한밤중에 해변으로 걸어가는 여자애 둘만으로도 눈에 띄는데 버젓이 술병까지 들고 있으니, 대놓고 경찰을 부르는 꼴이었다.

새벽 3시가 가까워지고 있었고 온 동네는 고요했다. 바닷가까지 네 블록을 걷는 동안 차가 한 대도 지나가지 않았다. 굳이 횡단보도까지 걸어갈 필요가 없었다. 우리는 보도에서 곧장 백사장으로 향했고 모래 언덕을 넘어 검은 물가에 다다랐다. 나는 눈이 어둠에 적응하기를 기다렸으나 그렇게 되지 않았고 결국 포기해야 했다.

"전에 우리 키스 연습하던 거 기억나?" 술병 뚜껑을 열며 내가 물었다.

"2학년 되기 전에 기필코 선수가 되자고 했지."

"선수." 내가 웃으며 말했다. 나는 술을 한 모금 마셨고 타는 듯한 느낌에 깜짝 놀랐다. 슬쩍 빼낸 맥주를 마시거나, 친구네 집 찬장에 있는 음료가 무엇이건 그것과 보드카를 섞어 마시는 것에 익숙한 우리였다. "자, 감당할 수 있을 만큼만 마셔." 거친 목소리로 내가 말했다.

메이블이 한 모금을 마신 뒤 기침을 했다.

"그때 우리 엄청 깔깔거리고 긴장했잖아." 나는 신입생 시절 우리의 모습을 떠올리며 말했다. "고등학생이 된다는 게 뭔지도 몰랐어. 어떻게 처신해야 하는지, 무슨 얘기를 해야 하는지."

"진짜 재밌었어."

"뭐가?"

"전부 다. 그거 한 번 더 해보자." 메이블의 손이 어둠 속에서 병을 찾아 더듬었고 병을 잡는 순간 나는 손을 놓았다. 메이블이 고개를 젖히고 흐릿한 달을 바라보았다. 그리곤 내게 술병을 돌려주었다. 나는 벌컥벌컥 들이켰다.

"이번엔 좀 낫네." 그 말이 옳았다. 한 모금씩 들이킬 때마다 술을 넘기기가 수월해졌다. 머지않아 몸은 무거워졌고 머리는 빙빙 돌았다. 메이블이 하는 모든 말이 우스워지며 떠올리는 추억마다 의미심장해졌다.

그때 한동안 잠자코 있던 메이블이 자세를 고쳐 앉았다.

"연습한 지 너무 오래됐다." 그러더니 우리의 코가 서로 맞닿을 때까지 내 쪽으로 기어오기 시작했다. 목 안쪽에서 웃음이 터져 나왔지만 그 순간 메이블이 자신의 입술을 내 입술에 댔다.

젖은 입술들.

보드라운 혀.

메이블의 다리가 내 허리를 감았고 우리는 더 거칠게 키스했다. 머지않아 우리는 백사장에 누웠다. 소금기 밴 메이블의 헝클어진 머리카락이 내 손가락 사이사이에 있었다.

메이블이 내 파카의 지퍼를 내렸다. 메이블이 내 목에 키스하는 동안 차가운 손이 내 스웨터 밑으로 파고들었다.

"조세핀 수녀님이 알면 뭐라고 할까?" 내가 속삭였다.

쇄골에서 메이블이 미소를 짓는 게 느껴졌다.

메이블이 한 손으로 내 브래지어 고리를 풀려고 두어 번 시도했고, 마침내 고리를 풀었을 때 내 피부에 닿는 찬바람은 뜨거운 입김에 비할 바가 아니었다. 나는 메이블의 스웨터 단추를 풀고 브래지어를 푸는 대신 가슴 위로 밀어 올렸다. 그런 굶주림을 느껴보긴 처음이었다. 물론 내 경험의 폭이 넓다고 말할 수는 없었다. 그런 식으로 누군가 날 만지는 것에 익숙한 것도 아니었다. 하지만 내가 수십 명의 입술로부터 키스를 받아보았다고 해도 그키스가 어딘가 다르다는 건 알았을 것이다.

나는 이미 메이블을 사랑하고 있었다.

우리 둘 다 바지 단추가 풀린 상태에서 메이블의 손가락이 내속옷의 고무 밴드를 파고들었다. 메이블이 말했다. "내일 후회하게 되면 위스키 탓인 거다."

그러나 하늘은 검은색에서 잿빛으로 변해가고 있었다. 벌써 내일이 왔다. 나는 아무것도 후회하지 않았다.

눈을 떠보니 아침 안개가 자욱했고 한 무리의 세가락도요가 하늘을 가로지르고 있었다. 메이블의 손이 내 손안에 있었다. 나는 손가락을, 나보다 조금 더 작고 조금 더 까만 손가락을 보았다. 그 손이 다시 내 옷 속으로 파고들기를 원했지만 감히 말을 하진 못

우린 괜찮아

했다.

어둠이 없으니 발가벗은 기분이 들었다. 아침 일찍 출근하는 사람들은 이미 일터로 향하고 있었다. 야간 근로자들은 마침내 일을 마쳤다. 우리는 횡단보도마다 멈추어 기다려야 했다.

"저 사람들이 우릴 어떻게 생각할까?" 내가 물었다.

"절대 집 없는 떠돌이처럼 보이진 않을 거야. 그러기엔 네 재킷이 너무 고급이잖아."

"자다 일어난 사람처럼 보이지도 않아."

"맞아." 메이블이 말했다. "온 몸이 모래투성이니까."

신호등이 바뀌었고 우리는 그레이트 하이웨이를 가로질렀다.

"어쩌면 바다 생물이라고 생각할지도 몰라." 내가 말했다.

"인어?"

"꼬리가 없는데."

"일찌감치 백사장을 훑으러 나온 사람들이라고 생각할지도 모르고."

"맞아, 그래서 네 주머니엔 새로 주운 금시계가 몇 개 있는 거야. 나한텐 결혼반지들하고 현금 다발이 있고."

"완벽하다."

나는 우리의 목소리가 평소보다 톤이 높고 말이 빠르다는 것을 의식했다. 백사장에서 일어나 모래를 털어낸 이후 우리가 한 번도 서로의 얼굴을 보지 않았다는 것을 의식했다. 여전히 내 살갗에 남아있는 모래와 사방에서 풍기는 메이블의 체취를 의식했다.

내가 할아버지를 보기 전에 할아버지가 먼저 나를 보았다. 할아버지는 길 건너에서 우리에게 손을 흔들며 다른 손으로는 쓰레기통을 보도에 내려놓고 있었다.

"안녕, 얘들아!" 할아버지가 소리쳤다. 이렇게 이른 아침에 우리를 만난 게 기분 좋은 깜짝쇼라도 된다는 듯이.

할아버지 쪽으로 다가가며 우리는 무슨 말을 해야 할지 몰랐다.

"좋은 아침이에요. 할아버지." 마침내 내가 웅얼거렸지만, 그 순간 할아버지의 표정이 바뀌었다.

"내 위스키."

나는 할아버지의 시선을 따라가 보았다. 메이블이 버젓이 위스키 병목을 잡고 있는 걸 미처 모르고 있었다.

어쩌면 할아버지는 키스로 부풀어 오른 우리의 입술과 벌겋게 달아오른 얼굴을 알아차렸을지도 모른다. 우리가 서로를, 그리고 할아버지의 눈을 쳐다보지 못하는 것을 알아차렸을지도. 그러나 할아버지는 우리 대신 술병을 보았다.

"죄송해요. 할아버지." 내가 말했다. "조금밖에 안 마셨어요."

"우리 술 약해요." 농담을 건네는 메이블의 목소리엔 후회가 가득했다.

할아버지가 손을 내밀었고 메이블이 술병을 내놓았다. 할아버지는 술병을 눈높이로 들고 얼마나 남았는지 확인했다.

"괜찮아." 할아버지가 말했다. "조금밖에 안 마셨네."

"정말 죄송해요." 메이블이 말했다.

다시 메이블과 해변에 있었으면. 하늘이 다시 어두워졌으면.

"술은 조심해야 해." 할아버지가 말했다. "안 마시는 게 상책이지."

나는 메이블의 입술에 키스하던 기억을 떠올리려 애쓰며 고개를 끄덕였다.

날 보아주었으면.

"그만 집에 가볼게요."

"학교 잘 다녀오고." 할아버지가 말했다.

"고맙습니다."

메이블은 찢어진 청바지에 스웨터를 입고 검은 머리카락을 팔꿈치까지 닿도록 늘어뜨린 채 서 있었다. 이마에 주름이 잡혔고 눈빛은 서글펐지만, 날 바라보는 순간에는 미소를 지었다.

"별 탈 없길 바라." 내가 말했지만 우리에게 무슨 탈이 있을 수 있을까?

우리는 기적의 소녀들이었다.

우리는 바다 생물들이었다.

우리는 주머니 속엔 보물을, 살갗엔 서로를 간직하고 있었다.

제11장

내 머리 위에 사슴의 머리와 목이 있다. 수사슴인 것 같다. 사슴의 뿔이 길고도 우아한 그림자를 벽에 드리운다. 나는 들판 어딘가에 살아있는 사슴을 상상해본다. 봄을 생각하고, 풀과 꽃을, 발굽의 자국과 움직임과 온전한 몸체를 생각한다. 그러나 지금 이곳엔 정적과 촛농 떨어지는 소리와 고요함뿐이다. 이곳엔 지난 날 우리의 유령들이 있다. 메이블이 토미의 싱크대에서 저녁 식사에 사용한 그릇을 정리하느라 내는 딸그락 소리가 있고, 이제 곧 무슨 일이 일어날 수밖에 없고, 그다음엔 또 무슨 일이 일어나고, 그렇게 다 끝날 때까지 계속 무슨 일이 일어날 수밖에 없다는 깨달음에서 오는 피로감이 있다.

우린 괜찮아

우린 아직 잠자리 얘기를 하지 않았다. 소파 위에 시트와 이불이 있다. 그것들이 우리가 함께 하게 될 공간을 상기시킨다.

어쩌면 뜬눈으로 밤을 새우게 될지도.

메이블이 주방에서 돌아온다. 메이블은 책장 쪽으로 가서 카드한 벌을 집어 든다.

메이블이 돌아서서 내게 카드를 보여주고 나는 고개를 끄덕인다. 카드를 섞어 나에게 열 장, 자기에게 열 장을 배분한 다음 한 장을 뒤집는다. 스페이드 10. 카드를 사놓지 않았다니 믿을 수가 없다. 카드가 있었으면 시간을 때울 방법이 궁할 때마다 해답이 되었을 텐데. 대화가 필요한 상황을 모면하기 위해 잠을 청할 필요도 없었을 텐데.

마치 그동안 시간이 흐르지 않았다는 듯 우리는 진러미[19]에 몰입한다. 첫 판을 내가 12점 차로 이기고, 메이블은 종이와 연필을 가져오려고 일어선다. 메이블은 샤프 한 자루와 크리스마스트리 가게의 우편물 봉투를 들고 온다. *막 자른 소나무 향보다 더 좋은 건 없어요*라고 적혀있다. 그리고 그 밑에는 세 가지 유형의 전나무 사진이 있다. 더글라스, 노블, 그랜드. 메이블이 *화환도 팝니다!* 문구 밑에 우리 이름을 쓰고 점수를 적는다.

접전이고, 그것은 곧 게임이 길어진다는 뜻이다. 피로와 어둠속에서 패를 보려 애쓴 탓에 마지막 패를 돌릴 때 자꾸만 시야가

19) 두 명이 하는 카드 게임의 일종.

흐려진다. 메이블은 우리 둘뿐인데도 누구 차례인지 자꾸만 잊어버린다. 그러나 결국 메이블이 진을 부르고 게임에서 이긴다.

"잘했어." 내 말을 들은 메이블이 웃는다.

"나 이제 그만 잘까 봐."

메이블이 자리를 뜬 동안 나는 움직이지 않는다. 아마 내가 침대를 펼쳐주기를 원할 것이다. 그러나 나는 그러지 않을 생각이다. 그것은 우리 둘이 함께 해야 할 결정이다.

잠시 후 메이블이 돌아온다.

"조심해. 초 몇 개는 다 타버렸어. 저기 진짜 어두워."

"응." 내가 말한다. "고마워."

나는 이어질 말이나 행동을 기다린다.

결국 내가 묻는다. "침대 펼까?"

어둠 속에서도 근심이 보인다.

"다른 방법 있어?" 내가 묻는다. 의자 몇 개와 바닥뿐이다.

"양탄자가 나름 보드라워."

"그게 네가 원하는 거라면."

"내가 그걸 *원하*는 게 아니라. 단지⋯⋯."

"토미한테 말 안 하면 되잖아. 어차피 그냥 잠만 잘 거고." 내가 고개를 젓는다. 그토록 많은 일이 있었는데 이제 와서 이러고 있는 게 너무 한심하다. "그 일이 있기 전에 우리가 한 침대에서 같

우린 괜찮아

이 잔 게 몇 번이지? 수백 번은 될걸? 오늘 밤엔 같이 자도 될 것 같은데."

"맞아."

"집적대지 않겠다고 약속할게."

"마린, 제발."

"네가 결정해." 내가 말한다. "난 양탄자에서 자고 싶지 않아. 하지만 네가 나하고 한 침대를 쓰기 싫다면 내가 펼치지 않은 상태로 소파에서 잘게. 네가 공간을 더 넓게 쓸 수 있도록. 아니면 의자 두 개를 붙여도 되고."

메이블은 잠자코 있다. 생각하는 중인 것 같아서 시간을 준다.

"네가 맞아." 마침내 입을 연다. "미안. 우리 그냥 침대를 펴자."

"미안해 할 필요 없어." 내가 중얼거린다.

나는 소파에 있던 쿠션들을 치우고 메이블은 커피 테이블을 한 쪽으로 치워 침대를 펼칠 만한 공간을 만든다. 우리는 침대 양쪽에 달려있는 손잡이를 발견하고 당긴다. 삐걱거리는 침대 스프링, 부실한 매트리스. 메이블이 침대 시트의 먼지를 턴 다음 둘이 함께 시트를 씌운다. 매트리스가 너무 얇아서 시트 가장자리를 매트리스 밑으로 집어넣는다.

"양탄자가 점점 더 근사해 보이네." 내가 말한다.

"막상 여기서 자려니 자신 없어?"

나도 모르게 미소를 짓고 있다. 메이블을 보니 나와 같이 미소를 짓고 있다.

"나머진 내가 할 수 있어." 메이블이 베갯잇 하나를 집어 든다. "넌 가서 잘 준비해."

제인 에어처럼 나는 초를 들고 앞을 비춘다. 그러나 욕실에 가서 거울을 보니 보이는 건 내 모습뿐이다. 어둠과 긴 그림자들, 정적만이 가득한 욕실에는 침입자도 유령도 없다. 얼음장같이 차가운 물을 얼굴에 끼얹고 토미가 우릴 위해 꺼내놓고 간 수건으로 닦는다. 양치를 하고, 소변을 보고, 가져온 고무줄로 머리를 묶는다. 나는 로체스터와 함께 있는 제인 에어를 생각하고, 제인이 그를 얼마나 사랑했는지를 생각하고, 두 사람이 결코 함께할 수 없을 거라 제인이 확신했던 것을 생각하고, 잠시 후면 메이블과 한 침대에 눕게 된다는 사실을 생각한다. 별일 아닌 것처럼 말하긴 했지만 분명 별일이라는 것을 나도 알고 메이블도 안다.

어쩌면 메이블이 망설이는 건 제이콥과는 상관없는지도 모른다. 단지 우리가 달라졌기 때문일 수도 있다. 매트리스에 누워 나의 체중을 느낄 것을 생각하기엔, 너무 깊이 잠들어 적당한 거리를 유지하지 못하고 서로에게 몸이 닿을까 봐 걱정하기엔, 아직 너무 화가 나 있는지도 모른다.

나는 촛불을 들고 다시 거실로 돌아간다. 메이블은 가장자리

쪽을 향하고 침대에 모로 누워 있다. 얼굴은 볼 수 없지만 아마도 눈을 감고 있을 것이다. 나는 반대편으로 올라간다. 스프링이 신음한다. 그 소음에도 아랑곳없이 자는 척할 수 있을 리가 없다.

"잘 자." 내가 속삭인다.

"잘 자." 메이블이 말한다.

우리는 서로에게 등을 돌린 채 누워있다. 우리는 이 크기의 매트리스 위에서 떨어질 수 있을 만큼 최대한 떨어져있다. 우리 사이의 거리는 우리 사이의 서먹함보다 더 나쁘다. 긴 침묵 속에서 메이블이 무슨 생각을 하는지 알 수 없는 상황보다 더 나쁘다.

소리를 들은 것 같다.

메이블이 우는 것 같다.

내가 잊고 있었던 일들이 다시 수면 위로 떠오른다. 메이블이 보낸 문자 메시지.

새로운 사람이 생긴 거야?

그럼 그렇다고 말해도 돼.

난 알아야겠어.

그 외에 다른 문자들도 있었지만 기억이 나지 않는다. 처음에 왔던 문자들은 칼과 같아서 모텔의 곰팡이와 식당 커피와 창밖으로 보이는 거실의 풍경에 구멍을 냈다. 그러나 학기가 시작되고 한나를 만난 뒤 나는 중고 휴대폰을 갖고 있는 낯선 사람이 되었고, 메이블이라는 이름을 가진 애는 잘못된 전화번호를 갖고 있었다.

메이블이 닿으려 하는 그 여자애, 그 애는 분명 무언가로부터 도망치고 있었다. 그 애는 분명 특별한 애였을 것이다. 오래전 친구가 그토록 찾으려 애쓰는 걸 보면. 이제 그 애가 없다는 사실이 안타깝다.

우리는 앞으로 우리가 어떻게 될지에 대해 얘기한 적 없었다.

그게 또 하나의 문제였다.

우리가 키스하던 방식. 문득 돌아보면 나를 쳐다보고 있던 메이블의 모습. 미소. 붉어지는 나의 얼굴. 나의 뺨에 닿는 허벅지. 나는 그 모든 것을 부정해야 했다. 왜냐하면, 그건 이미 끝나버린 삶의 일부였으니까.

내게 들리는 소리는 타닥거리는 불길의 소음뿐이다. 메이블은 울지 않았을 수도 있다. 어쩌면 나의 상상일지도. 그러나 이제 나는 느낄 수 있다. 내가 어떤 상처를 주었는지. 온갖 기억들을 떠올려서인지 아니면 메이블과 함께 책과 그림 이야기를 해서인지는 모르겠지만. 나의 유령이 서서히 되살아나는 것을 느낀다. *나 기억해?* 유령이 묻는다.

기억한다.

그 여자애라면 메이블을 위로했을 것이다. 그 여자애라면 메이블을 어루만졌을 것이다. 아주 단순한 일이라는 듯. 그래서 나는 손을 뻗는다. 메이블의 몸에서 안전한 자리를 찾는다. 어깨. 그곳에 손을 얹는다. 혹시 원치 않는지 생각해볼 겨를도 없이 메이블의 손이 내 손 위에 포개어지고, 내 손을 꽉 잡는다.

제 12장

6월

그날 오후 위스키를 들고 있다가 할아버지에게 들킨 뒤로 메이블과 나는 학교에서 마주칠 때마다 얼굴을 붉혔다. 할아버지가 저녁 식사로 캐서롤을 만드는 동안 평소보다 더 깊은 정적이 흘렀다. 할아버지가 나에게 소파에 앉으라고 했다.

나는 고개를 끄덕였다.

"알겠어요." 대답은 했지만 가슴은 얼음으로 가득 차 있었다.

할아버지가 내게 하려는 질문에 어떻게 대답해야 할지 알 수 없었다. 모든 게 너무도 새로웠다. 나는 할아버지를 따라 거실로 가서 자리에 앉았다. 할아버지가 내 앞에, 웃음기라고는 없이, 오직 근심과 슬픔과 거의 두려움에 가까운 무언가로 가득 찬 표정

우린 괜찮아

을 지은 채, 높다랗게 서있었다.

"들어보렴." 할아버지가 말했다. "다른 종류의 사랑에 대해 얘기해 볼까 해."

나는 할아버지의 반대를 예상하며 마음을 다잡았다. 전에는 느껴본 적 없는 감정이었고 이렇게 중요한 문제가 불거졌던 적도 없었다. 나 자신의 분노에 대해서도 마음을 다잡았다. 메이블과의 키스는 충동적이었지만, 그리고 그 뒤로 줄곧 초조하고 긴장해야 했지만, 우리가 한 일이 잘못은 아니었다.

"네가 뭘 잘못 알고 있는 것 같은데." 할아버지가 말했다. "버디하고 나 말이다. 우린 그런 사이가 아니야."

웃음이 터져 나왔다. 안도의 웃음이었으나 할아버지는 그렇게 받아들이지 않았다.

"믿기 힘들겠지만 버디의 편지를 받는 내 모습이 너에겐······ 로맨틱한 감정으로 보였을 수도 있겠지. 버디가 보낸 드레스도 그렇고. 하지만 두 사람이 서로에게 아주 깊은 유대감을 느끼는 경우도 있어. 그렇게 되면 로맨스는 하찮아질 뿐이야. 그건 결코 육체적인 감정이 아니란다. 영혼의 감정이지. 그건 한 인간이 느낄 수 있는 가장 심오한 감정이야."

할아버지는 너무 걱정하는 것 같았고 너무 긴장한 것 같았다. 좀 전에 느꼈던 안도감은 빠져나가고 걱정이 그 자리를 채웠다.

"알겠어요, 할아버지." 내가 말했다. "그게 어떤 감정이건, 할아버지에게 버디 할머니가 있어서 다행이에요."

할아버지가 주머니에서 손수건을 꺼내 조심스럽게 펼쳤다. 손수건으로 이마와 윗입술을 닦았다. 할아버지가 어떤 일에 이토록 흥분하는 건 본 적이 없었다.

"정말이에요." 내가 말했다. "제가 어떻게 생각할지 걱정하지 마세요. 전 할아버지가 행복하기만을 바라요."

"선원." 할아버지가 말했다. "버디가 없었다면 난 방황했을 거야."

할아버지의 동반자로 나는 충분하지 못했던 거였다. 나는 그 어떤 종류의 닻도 아니었다. 충격을 받았지만 애써 상처를 삼키며 말했다. "아마 버디 할머니도 같은 마음일 거예요."

할아버지가 내 표정을 살폈다. 나를 관통해서 다른 무언가를 보고 있는 것 같았다. 할아버지가 고개를 끄덕였다. 천천히.

"사실이야. 어쩌면 나보다 더 그럴지도 모르지." 할아버지가 말했다. "내겐 버디가 필요하고 버디에겐 내가 필요해. 정말이야, 버디에겐 내가 필요하단다."

할아버지가 더 많은 얘기를 할 생각이었는지는 모르겠다. 그러나 그 순간 초인종이 울렸고, 곧 카드 게임이 시작될 시간이었다. 나는 자리에서 일어나 계단을 내려간 뒤 문을 열어주러 나갔다. 평상시 그들이 오면 나는 주방을 치우곤 했지만, 그날은 할아버

우린 괜찮아

지에게 무슨 일이 있는 것 같아 걱정이 되었다. 할아버지가 평소의 모습으로 돌아오는 것을 확인하고 싶었다. 그들이 첫 잔을 따르고 카드 게임을 시작할 때쯤 나는 건조대에 있던 접시를 행주로 닦는 일을 마쳤다. 그다음엔 잠시 자리를 비웠지만 걱정을 멈출 수가 없었고, 결국 차를 만들기 위해 주방으로 돌아갔다.

물이 끓는 동안 나는 존스 할아버지가 술병을 들고 할아버지의 잔에 술을 따르는 것을 보았다.

할아버지는 먼저 술잔을 보았고, 그다음엔 존스 할아버지를 보았다.

"무슨 짓인가?"

"잔이 비었길래."

존스 할아버지가 나머지 두 명을 보았다. 프리맨 할아버지는 필요 이상으로 오래 카드를 섞으며 존스 할아버지와 눈을 맞추었다.

"날 빨리 보내려 애쓸 필요는 없어." 할아버지가 말했다. "어차피 갈 때가 되면 내가 알아서 갈 테니까." 목소리는 낮았고, 거의 으르렁거리는 것처럼 들렸다.

보 할아버지는 고개를 저었다. 뭔가를 안타까워하는 것 같았지만 그게 뭔지는 알 수 없었다.

존스 할아버지가 헛기침을 했다. 그는 침을 삼켰다.

"그냥 술 한 잔일 뿐이야, 딜레이니." 마침내 그가 말했다.

할아버지가 고개를 들어 존스 할아버지를 보았다. 눈빛이 이글거렸다. 그동안 프리맨 할아버지가 카드를 돌렸다. 모두가 자기 패를 집어 들고 순서를 정렬했지만, 할아버지는 계속 존스 할아버지만 노려보면서, 존스 할아버지가 자신을 쳐다볼 때까지 기다렸다.

무슨 일이 벌어지고 있는 건지 알 수 없었다. 다만 나는 이 상황이 끝나기를 바랐다.

"할아버지?" 내가 말했다.

마치 내가 거기 있는 것을 잊고 있었다는 듯 할아버지가 내 쪽을 홱 돌아보았다.

"저기 혹시……." 내가 시작한 문장이 어떻게 끝날지 알지 못한 채 나는 일단 말을 꺼냈다. "혹시 내일 아침에 학교에 데려다 줄 수 있으세요? 늦잠을 잘 것 같아서요."

"물론이지, 선원." 할아버지가 말했다.

할아버지는 다시 테이블 쪽으로 돌아앉았다. 할아버지가 패를 들었다. 모두가 조용했고, 토를 다는 사람도, 농담을 하는 사람도 없었다.

"5달러 걸지." 할아버지가 말했다.

존스 할아버지는 패를 접었다.

나는 차를 들고 방으로 돌아가 잊으려 애썼다.

메이블과 나는 몇 시간 동안 문자를 주고받았다. 우리는 몰래

우린 괜찮아

빠져나가 만날 약속 따윈 하지 않았다. 통화도 하지 않았다. 상대방의 목소리를 듣는 것은 현명하면서도 위험했기 때문에 대신 서로에게 문자를 보냈다.

우리가 무슨 생각으로 그랬지?

나도 모르겠어.

너 좋았어?

응.

나도.

우리는 좋아하는 노래와 유튜브 동영상에 대해 문자했고, 그날 문학 시간에 읽은 시에 대해 문자했고, 세상의 종말이 오면 무얼 할지에 대해 문자했다. 메이블의 삼촌과 그의 남편이 뉴멕시코에서 1만 2000제곱미터에 이르는 땅을 경작하며 살고 있는데, 어떻게 하면 거기 가서 원뿔형 천막을 짓고, 우물을 파고, 식량을 얻고, 우리에게 남은 시간을 최대한 의미 있게 보낼 수 있을지에 대해 문자했다.

세상의 종말이 이렇게 신날 줄은 몰랐네.

내 말이!

난 차라리 종말이 오면 좋겠어. 나쁜 건가?

꼭 종말이 아니어도 전부 할 수 있는 일들이야.

그럼 우리 그렇게 하는 거다?

응.

우리는 새벽 2시가 다 되어서야 잘 자라는 인사를 나누었다. 나는 베개에 대고 미소를 지었다. 눈을 감고 그 기분이 지속되기를 바랐다. 나는 우리의 미래가 펼쳐지는 것을, 분홍색 구름과 선인장, 밝은 태양과 영원이 펼쳐지는 것을 보았다.

나는 물을 가지러 주방으로 갔다. 물을 채워서 벌컥벌컥 들이 켠 다음 욕실로 향했다. 할아버지의 방문이 열려있었다. 좁은 틈 새로 불빛이 새어 나왔다. 조용히 그 방 앞을 지나가다가 부스럭 거리는 소리가 들려 돌아보았다. 할아버지가 책상 앞에 앉아있었 다. 청동 램프가 켜져있었고, 종이 위에서 펜이 열정적으로 움직 였다. 나는 잠자코 있었지만, 알 수 있었다. 내가 할아버지를 불 러도 할아버지는 고개를 들지 않으리란 것을. 냄비와 쟁반을 맞 부딪쳤어도 고개를 들지 않으리란 것을.

*할아버지는 연애편지를 쓰고 있는 거야*라고 생각했지만 어쩐 지 사랑처럼 보이진 않았다.

그가 한 페이지를 다 채우고 옆으로 밀어놓은 다음 새로 한 페 이지를 시작했다. 할아버지는 몸을 앞으로 숙인 채 격정적으로 썼다. 나는 욕실로 가서 문을 잠갔다.

그냥 연애편지를 쓰는 것뿐이라고 나는 생각했다.

그냥 연애편지라고. 연애편지라고.

제13장

낯선 거실의 정적 속에서 또 하나의 기억이 떠오른다.

졸업한 지 이틀째 되던 날, 우리는 모두 오션비치에 모였다. 마치 다 끝이라는 듯 우리 모두가 미쳐 날뛰었다. 다시는 서로 못 볼 것처럼 굴었고, 몇 명에겐 그게 사실이었을 수도 있었다.

나는 메이블을 찾았다. 그러곤 담요 위 곁에 앉아서, 이미 알고 있는 우스운 이야기의 결정적인 대목을 들었다. 모두가 소리 내어 웃을 때 나는 미소를 지었고, 모닥불의 불빛 속에서 메이블은 너무도 아름다웠다.

우리 모두가 너무도 아름다웠다.

그날 밤이 마법 같았다고 말할 수도 있겠지만, 그건 지나친 포장일 것이다. 지나친 낭만화일 것이다. 실제 느낌은 진정으로 살아있는 것 같았다. 우리는 앞으로 무슨 일이 닥칠지 생각하지 않았다. 다가올 여름에 어떤 일이 벌어질지, 가을에는 우리가 어디에 있게 될지 생각하지 않았다. 마치 그 순간에만 머물기로 약속이라도 한 듯이, 그 순간에만 머무는 것이 유일한 존재의 방식이라는 듯이. 우스갯소리를 하고, 비밀을 말했다. 벤이 기타를 가져와 한동안 기타를 연주했다. 불길이 타닥거렸고, 파도가 밀려와 부서지고 빠져나갔다. 내 손에 무언가 닿는 것이 느껴졌다. 메이블의 손가락이 내 손마디를 쓰다듬고 있었다. 메이블이 엄지를 내 손바닥 안에 넣었다. 키스를 할 수도 있었지만, 그러지 않았다.

지금, 오랜 시간의 이별 끝에, 여기 토니의 집에서, 메이블의 손이 내 손 위에 있다. 잠을 자기는 이미 글렀고, 나는 만약 그날 내가 키스했다면 어떻게 달라졌을지 궁금했다. 만약 우리 중 한 명이 그 사실을 공개했다면, 우리 두 사람은 토론과 비판의 대상이 되었을 것이다. 그랬다면 제이콥도 없었을 것이다. 아마도 메이블의 사진이 나의 게시판에 붙어있었을 것이다. 아마도 지금 우린 여기 있지 않고, 캘리포니아에 있는 메이블의 집에, 오렌지 색 벽이 있는 거실의 크리스마스트리 옆에서 핫초코를 마시고 있었을 것이다.

하지만 아닐 수도 있다. 그로부터 겨우 두어 달 뒤 할아버지가 날 떠났고, 그땐 그날 밤을 떠올려도 살아있음을 느낄 수 없었기 때문이다.

그때를 생각해 보면, 우린 위험에 처해있었다. 술 때문도 아니었고 섹스 때문도 아니었다. 밤늦은 시간이어서도 아니었다. 우리는 너무도 순진했고 우리가 순진하다는 사실조차 모르고 있어서 위험했다. 그 시간을 돌이킬 수는 없었다. 그 확신. 그 편안한 웃음. 집을 잠깐 떠날 거라는 느낌. 돌아갈 집이 있다는 느낌.

우리는 너무도 순진해서 삶이 우리가 생각하는 그대로일 거라 믿었다. 우리 자신에 관한 사실의 조각들을 맞추기만 하면 그럴 듯한 하나의 형상이 완성될 거라고 생각했다. 거울 속에 보이는 우리 모습 같은, 우리의 거실 같은, 그리고 우리를 키워준 사람들 같은 형상이 완성될 거라고 생각했다. 우리가 미처 알지 못했던 모든 것들이 드러나는 대신.

메이블이 내 손을 놓고 이불을 걷어차더니 일어나 앉는다. 나도 똑같이 일어나 앉는다.

"난 아직 잘 준비가 안 된 것 같아."

그새 얼마나 몸이 따스해졌는지 이불이 젖혀진 게 반갑다. 우리는 침대에 앉아 푹신한 소파 등받이에 기댄다. 우리는 방 맞은편에서 일렁이는 모닥불을 본다. 메이블이 머리를 뒤로 쓸어 넘겨 동그랗게 말았다가 도로 푼다. 나는 이 밤이 영원히 계속될지도 모른다고, 그리고 그래도 괜찮겠다고 생각한다.

"여기 와서 어디 있었어? 기숙사 들어가기 전에. 그게 늘 궁금하더라."

예상치 못한 질문이지만 나는 대답해주고 싶다. 나는 천장을 한참 바라보다가 혹시라도 날 지켜보고 있을지 몰라 고개를 끄덕인다. 말을 꺼내기 위해서 마음을 가라앉힐 시간이 필요하다. 메이블을 다시 보니 메이블의 자세가 바뀌어 있다. 손으로 턱을 괴고 내가 전에도 본 적이 있는지 알 수 없는 표정으로 날 보고 있다. 너무도 침착하고 너무도 참을성 있게 기다린다.

"모텔에 있었어."

"가까워?"

"가까운 편이야. 한 20분 거리. 공항에서 버스를 타고 창밖으로 모텔이 보일 때까지 계속 갔어."

"어땠어?"

"안 좋았어."

"근데 왜 거기 있었어?"

"거기서 나올 생각을 못 했던 것 같아."

나는 모텔 방으로 들어서던 순간을 떠올린다. 방에서 나던 냄새, 상한 냄새보다 더 고약한 냄새, 불결한 냄새보다 더 고약한 냄새. 아무것도 손대지 않고 그곳에 머물 수 있을 거라 생각했지만 고작 몇 시간 만에 내 생각이 틀렸음을 알았다.

"집 없는 사람들이 사는 모텔이더라." 내가 메이블에게 말한다. "휴가 온 사람들이 머무는 모텔이 아니었어." 나는 춥지 않은데도 담요를 덮는다. "두려웠어. 하지만 난 이미 두려운 상태였지."

"내가 상상했던 것과는 다르네."

"어떻게 상상했는데?"

"기숙사에 일찌감치 들어갔을 거라고 생각했어. 혹시 거기서 누굴 만났어?"

"모텔에서?"

고개를 끄덕인다.

"누굴 만났다고 표현하긴 좀 그래. 그냥 이웃이 많았던 거지. 차차 눈에 익은 사람들도 있긴 했어."

"그러니까 내 말은, 그 사람들하고 어울렸냐고."

"아니."

"난 네가 새로운 사람들을 만난 줄 알았어."

나는 고개를 젓는다.

"그래서 그 사람들이 너를 도와주는 줄 알았어."

"아니." 내가 말한다. "거기선 나 혼자였어."

메이블의 표정에 변화가 있다. 나에 관한 모든 추측이 일련의 사실들로 대체된다. 나는 정보를 더 주고 싶다.

"옆방에 울부짖는 여자가 있었는데." 내가 말한다. "지나가는 차들에 대고, 지나가는 사람들에 대고 울부짖었어. 내가 처음 체크인을 하고 들어갔는데, 그때부터 몇 시간을 내리 울부짖더라."

"그 여잔 뭐가 잘못된 거야?"

"나도 몰라. 꼭 늑대 울음소리 같았어. 난 계속 궁금했던 게, 실은 지금도 궁금한 게, 그 여자가 뭔가 잘못되어 가고 있다는 걸 깨달았던 순간이 있었을까? 그러니까 여자의 내면에서 말이야. 여자의 내면에서 자기 자신이 빠져나가고 뭔가 새로운 게 스며드는 순간. 그걸 막을 수도 있었는지, 아니면 그냥…… 그렇게 되어 버린 건지. 《제인 에어》 생각이 나더라. 기억 나?"

"그 미친 여자. 로체스터의 첫 번째 부인."

"거울 속에서 그 여자를 본 제인이 된 기분이었어. 난 두려웠어. 밤마다 여자의 목소리에 귀를 기울였는데 때로는 무슨 말인지 알아들을 수도 있을 것 같았어. 내가 그 여자처럼 될까 봐 무섭더라."

여자가 처한 현실도 두려웠지만 나의 현실이, 여자와 똑같은 방에서, 여자와 똑같이 혼자인 나의 현실이 가장 끔찍하게 두려웠다. 우리 사이엔 벽 하나가 있을 뿐이었고, 그나마도 그 벽은 너무 얇아서 없는 것이나 다름없었다. 제인도 유령과 함께 방에 갇

우린 괜찮아

혔다. 우리가 박하향이 배어나는 숨결로 잠옷을 입고 잠들었다가 다음 날 아침 늑대로 변해 눈을 뜰 수도 있다고 생각하니 너무도 끔찍했다.

"네가 요즘 책을 많이 안 읽는 이유를 알 것 같다."

내가 고개를 끄덕인다. "예전엔 그냥 이야기일 뿐이었어. 그런데 지금은 자꾸만 한꺼번에 되살아나고 더 끔찍하게 느껴져."

메이블이 고개를 돌린다. 납득할 수 없는 얘기를 하고 있기 때문일까. 어쩌면 내가 너무 과장한다고 생각할 수도 있다. 어쩌면 정말 그런지도. 그러나 내가 예전에 세상을 이해하던 방식과 지금 세상을 이해하는 방식은 다르다. 나는 이야기를 읽고 눈물을 흘리고 책을 덮었다. 그걸로 끝이었다. 지금은 모든 것에 울림이 있고 가시처럼, 종기처럼 도무지 떠날 줄 모른다.

"넌 혼자였구나." 메이블이 말한다. "그 시간 내내."

"그게 중요해?"

그러자 어깨를 으쓱한다.

"넌 내가 새로운 사람들을 만나서 더 이상 널 필요로 하지 않는다고 생각한 거야?"

"그렇게밖엔 설명할 수가 없었어."

메이블이 계속 질문을 던져만 준다면 나는 뭐든 얘기할 것이다. 어둠과 온기 때문이다. 다른 누군가의 집, 중간 지대에 있다는 느낌 때문이다. 이곳에 있는 그 무엇도 메이블의 것이거나 내 것이 아니다. 담요나 장작이나 벽난로 위의 사진들은 서로에 대한 단서가 될 수 없다.

그래서 내 삶이 아득히 멀게 느껴진다. 심지어 바로 이곳에 있는데도.

"그거 말고 또 뭐가 알고 싶은데?" 내가 묻는다.

"줄곧 버디 할머니가 궁금했어."

메이블이 자세를 바꾸자 스프링이 삐거덕거리다가 잠잠해진다. 내 손이 무릎 위에 무겁게 얹어져있다. 메이블은 여전히 날 살피며 격려한다. 나는 여전히 숨을 쉴 수 있다.

"좋아." 내가 말한다. "버디 할머니의 뭐가 궁금해?"

"버디 할머니도 무슨 일이 있었는지 알아? 아무도 우편함을 확인하고 버디 할머니의 편지를 챙기지 않았잖아. 지금쯤 다 반송되었을 거고. 할아버지가 죽었다고 누군가 알려주었는지 궁금해."

"버디 할머니는 없어." 내가 말한다.

앞에 있는 얼굴에 혼란이 스친다.

나는 다음 질문을 기다린다.

"그럼 그 편지는……."

내게 질문을 해.

"하긴 내 생각에도……." 메이블이 말한다. "지나치게 달콤하긴 했어. 만난 적도 없는 사람에게 그 많은 연애편지를 쓰다니. 내 생각엔……." 다시 말한다. "할아버지가 진짜 외로웠나봐. 그런 얘길 지어낸 걸 보면."

메이블은 나와 눈을 맞추려 하지 않는다. 나는 더 이상 그 얘기를 하고 싶지 않다. 적어도 지금은. 이해하고 싶지 않은 기분이 어떤 건지 나는 알고, 그래서 우리는 잠자코 있다. 그동안 마지막 말이 계속 맴돈다. 그리고 나는 생각한다. *난 외로웠어. 정말 외로웠어.* 테이블 밑에서 무릎이 닿는 것으로는 충분하지 않았다. 소파에서 듣는 강좌만으론 충분하지 않았다. 달콤한 과자들, 커피, 학교에 데려다 주는 것만으론 충분하지 않았다.

가슴속에서 아픔이 번져간다.

"할아버진 외롭지 않을 수 있었어."

메이블이 이맛살을 찌푸린다.

"내가 있었잖아. 내가 있었는데도 연애편지를 썼어."

마침내 나를 본다.

"*내가 외로웠어.*"

그리고 그 말을 한 번 더 한다. 너무 오랫동안 나 자신에게 거짓말을 했기 때문에. 지금 나의 몸은 고요하고 호흡은 안정적이고 나는 진실과 함께 살아있음을 느끼기 때문에.

내가 미처 깨닫기도 전에 메이블이 나를 가까이 끌어당긴다.

이 느낌을 나는 기억한다. 나는 우리가 마지막으로 서로를 안았던 순간을 떠올리지 않으려 애쓴다. 그때가 마지막이었다. 내가 누군가에게 안겼던 것은. 메이블의 팔이 나를 꽉 감싸고 있어서 나는 메이블을 안을 수 없다. 그래서 나는 어깨에 가만히 머리를 기댄다. 나를 놓지 않도록.

"자자." 메이블이 내 귓가에 속삭이고 나는 고개를 끄덕인다. 우리는 서로의 품에서 떨어져 다시 눕는다.

나의 슬픔을 보지 못하도록 나는 한참 동안 메이블에게서 고개를 돌리고 있다. 그런 식으로 안기는 것, 그런 식으로 헤어나는 것의 슬픔을 보지 못하도록. 그러나 나의 유령이 다시 속삭이기 시작한다. 유령은 그동안 내가 얼마나 추웠는지 일깨운다. 내가 얼마나 꽁꽁 얼어붙었는지. 메이블은 따스하다고, 나를 사랑한다고 유령이 말한다. 어쩌면 예전과는 다르지만. 그래도 여전히 사랑이라고. 나의 유령이 말한다. *5000킬로미터, 메이블은 그만큼 너를 아끼는 거야.* 유령이 내게 괜찮다고 말한다.

그래서 돌아누워 보니 메이블이 내가 생각했던 것보다 더 가까이에 있다. 나는 그 상태로 잠시 머물며 내게서 멀어지는지 지켜보지만 메이블은 멀어지지 않는다. 내가 한 팔로 허리를 감자 긴장을 풀고 내게 안겨온다. 내 머리가 메이블 목의 움푹한 곳에서 쉰다. 나는 무릎을 굽혀 메이블과 나 사이의 공간을 채운다.

메이블은 잠들었는지도 모른다. 몇 분만 이 상태로 머물러야지. 얼어붙은 내가 녹을 때까지. 누군가와 가까이 있는 게 어떤 기분인지 기억날 때까지, 앞으로 몇 달을 버티기에 충분할 정도로 기억날 때까지. 나는 메이블을 들이마신다. 이젠 그만 돌아누워야 한다고 속으로 중얼거린다.

곧. 그러나 아직은.

"다시는 사라지지 마." 메이블이 말한다. "알았지?"

내 얼굴에 닿는 메이블의 머리카락이 보드랍다.

"약속해."

"약속할게."

돌아누우려는 순간 메이블이 손을 뻗어 내 팔을 잡는다. 자신의 몸을 나의 몸에 더 가까이 밀착한다. 우리의 온몸이 서로 맞닿을 때까지. 숨을 쉴 때마다 겨울이 지나가는 것을 느낀다.

나는 눈을 감은 채 메이블을 들이마시고, 우리 중 누구의 것도 아닌 이 집을 생각하고, 벽난로 불길이 타닥거리는 소리를 듣고, 방과 메이블의 온기를 느끼고, 이제 우린 괜찮다.

우린 괜찮다.

제14장

오렌지 세 개. 빵 한 봉지. *크리스마스 쇼핑하러 나가요. 물건 훔쳐가지 말아요. 어디 사는지 아니까!*라고 적혀있는 쪽지. 물을 가득 채운 커피포트 앞에 놓인 머그잔 두 개.

"전기가 들어왔어." 내 말을 들은 메이블이 고개를 끄덕인다.

메이블이 쪽지를 가리킨다. "웃기는 남자네."

"응. 근데 귀엽다."

"완전."

어두운 데서 잠들었다가 다음 날 아침 내가 잠들었던 곳을 환한 데서 보는 것은 처음인 듯싶다. 어젯밤에도 형체들을 인식하긴 했지만 빛깔이 없었다. 창문을 보니 창틀이 숲을 닮은 초록색이다. 만약 창밖이 완전히 하얗지 않았다면, 나무들과 어울렸을 페인트 색이다. 커튼에는 파란색과 노란색 꽃무늬가 있다.

"토미가 이걸 골랐을까?" 내가 묻는다.

"그가 고른 거면 좋겠는데." 메이블이 말한다. "아니, 아닌 것 같아."

"토미가 저 사슴을 죽였을까?"

마치 사슴이 진실을 알려줄 수도 있다는 듯 메이블이 벽난로 선반 쪽을 돌아본다.

"아니. 넌 그렇게 생각해?"

"아니." 내가 말한다.

메이블이 빵 봉지를 열고 네 개를 꺼낸다.

"천천히 가도 될 거 같아." 메이블이 말한다.

나는 우리가 마실 커피를 한 잔씩 따른다. 메이블에게 더 좋은 머그잔을 주고 전망이 더 좋은 자리에 내가 앉는다. 내가 전망에 더 민감하기 때문이다.

식탁 다리가 삐걱거린다. 우리가 몸을 앞으로 숙일 때마다 식탁이 기운다. 크림이 없어서 커피는 블랙으로 마시고 버터도 잼도 찾을 수가 없어서 맨빵을 먹는다. 앉아있는 동안 시선은 계속 창밖에 두면서 가끔 메이블을 본다. 메이블의 얼굴에 드리워진 아침 햇살. 머릿결에 깃들어 있는 파도. 입을 살짝 벌리고 먹는 모습. 손가락의 부스러기를 핥는 모습.

"왜?" 미소 짓는 내 모습을 보며 메이블이 묻는다.

"아무것도 아니야." 메이블도 미소를 짓는다.

예전과 같은 방식으로 메이블을 사랑하는지는 잘 모르겠지만 메이블은 여전히 아름답다.

메이블이 오렌지의 껍질을 까서 완벽히 반으로 쪼갠 다음 한 쪽을 내게 내민다. 그것을 우정의 팔찌처럼 찰 수 있다면 그렇게 했을 것이다. 대신 나는 오렌지를 한 쪽씩 떼어 삼키면서 이게 더 큰 의미가 있다고 속으로 되뇐다. 이렇게 침묵 속에서 함께 씹고 삼키는 것이. 같은 순간에 같은 맛을 보는 것이.

"맹세하는데." 메이블이 말한다. "하루 종일 먹을 수도 있을 것 같아."

"먹을 거 엄청 많이 사왔어. 어젯밤에 상했을까?"

"아닐걸. 날씨가 무지하게 춥잖아."

얼마 후 우리는 아침을 먹는 데 사용한 접시들을 닦고 물기가 마르도록 행주 위에 놓아둔다. 어젯밤 덮은 이불들을 개어 커피 테이블 위에 올려놓고 침대를 접어 소파로 만든다. 우리는 침대 가 있던 빈 공간에 서서 창밖의 눈을 본다.

"우리 돌아갈 수 있을까?" 메이블이 묻는다.

"그래야 할 텐데."

우린 괜찮아

우리는 펜을 들고 토미가 남긴 쪽지 뒷면에 여러 개의 '고마워요'와 느낌표들을 쓴다.

"준비됐어?" 내가 메이블에게 묻는다.

"준비됐어."

그러나 이런 추위에 준비가 된다는 건 가능한 일이 아닌 것 같다. 추위가 우리의 숨을 앗아간다. 우리를 숨 막히게 한다.

"저 모퉁이를 돌면 기숙사가 보여." 가까스로 내뱉는다. 숨을 쉴 때마다 아프다.

토미가 아침 일찍 작은 보도의 눈을 치우긴 했지만 여전히 미끄럽고 얼어있다. 우리는 내딛는 모든 걸음에 집중한다. 나는 아주 한참 동안 내 발을 바라본다. 다시 고개를 들어보니 기숙사가 저 앞에 보인다. 하지만 거기까지 가려면 토미가 치워놓은 길에서 벗어나 완벽한 눈밭으로 들어서야 하고, 우리는 그제야 눈이 얼마나 쌓였는지 깨닫는다. 눈은 종아리 중간까지 오는데 우리가 입은 바지는 눈밭을 걷기에 적합하지 않다. 눈이 스며든다. 아프다. 메이블의 신발은 얇은 가죽 부츠이고 캘리포니아의 도시에서 신기에 적합하다. 기숙사 문까지 가는 동안 흠뻑 젖을 게 분명하다. 어쩌면 못 쓰게 될 수도 있다.

토미가 돌아와 기숙사로 데려다줄 때까지 기다렸어야 했는지도 모른다. 그러나 우리는 이미 길을 나섰고 그래서 계속 걷는다.

이렇게 맑은 하늘을 본 적이 있던가. 너무도 파랗고 쨍하다. 하늘이 이렇게 날카로울 수도 있다는 걸 몰랐다. 메이블의 입술이 보라색이다. 내 몸은 떨고 있다는 표현만으론 부족하다. 이제 거의 다 왔다. 건물이 우리 앞에 높이 솟아있다. 나는 너무 뻣뻣하게 굳어서 열쇠를 잡는 것조차 힘든 손으로 어렵사리 열쇠를 구멍에 넣지만 문이 당겨지지 않는다. 우리는 손으로 바닥의 눈을 퍼내고 부츠로 밀어낸다. 그다음엔 눈의 왕국에 사는 천사의 한쪽 날개처럼 포물선을 그리면서 나머지 눈을 밀어낼 때까지 문을 당긴다. 우리는 안으로 들어가서 뒤로 문을 닫는다.

"샤워." 엘리베이터에서 메이블이 말한다. 나는 우리 층에 도착하자마자 방으로 뛰어 들어가 수건들을 챙긴다. 각자 샤워 부스로 들어가 옷을 벗는다. 이 순간을 어색해 하기에는 온기가 너무 간절하다.

우리는 아주 오랫동안 물을 맞는다. 다리와 손이 얼얼했다가 곧 타는 듯 뜨거워진다. 그렇게 한참이 지난 뒤에야 익숙한 느낌이 돌아온다.

메이블이 먼저 끝낸다. 나는 메이블이 물을 잠그는 소리를 듣는다. 메이블이 방으로 돌아갈 때까지 기다린다. 뜨거운 물 아래 조금 더 오래 머무는 게 미안하진 않다.

우린 괜찮아

메이블의 말이 맞다. 음식은 여전히 차갑다. 우리는 주방에 나란히 서서 냉장고 안을 들여다본다. 통풍구에서 뜨거운 바람이 쏟아져 나온다.

"이걸 다 네가 산 거야?" 메이블이 묻는다.

"응." 말할 필요도 없다. 여전히 모든 것에 내 이름이 붙어 있다.

"난 칠리에 한 표." 메이블이 말한다.

"옥수수빵하고 같이. 버터와 꿀 곁들여서."

"그거 진짜 맛있겠다."

우리는 서랍과 캐비닛들을 전부 다 열었다 닫으며 칠리를 끓일 냄비, 치즈를 저밀 강판, 옥수수빵을 구울 팬, 접시들과 은식기들을 찾는다.

냄비에 칠리를 붓고 있는데 메이블이 말한다. "몇 가지 전해줄 소식이 있어. 좋은 소식. 계속 얘기할 때를 기다렸어."

"말해 줘."

"카를로스 오빠에게 곧 아기가 생겨."

"뭐?"

"그리젤다 언니가 임신 5개월째야."

나는 놀라 고개를 젓는다. 메이블과 친구가 되던 무렵 메이블의 오빠 카를로스는 대학에 다니느라 멀리 떠나있었기 때문에 겨우 몇 번밖에 만나지 못했다. 그런데도…… "그럼 이제 넌 고모가 되겠네." 내가 말한다.

"*티아[20]* 메이블." 메이블이 말한다.

"대단하다."

"그치?"

"응."

"화상통화를 한 번 했는데 부모님은 집에 있고 나는 학교에 있고 오빠네는 우르과이에 있어서-."

"지금 거기 살아?"

"응, 그리젤다 언니가 박사학위 끝낼 때까지. 진짜 짜증났던 게 화상통화가 제대로 연결되기까지 시간이 엄청 걸렸어. 그러다가 오빠네 부부가 화면에 떴는데 그리젤다 언니의 조그만 배가 보이는 거야. 나 완전 엉엉 울었잖아. 부모님도 엉엉 울고. 진짜 쩔었어. 시기적으로 완벽했던 게, 부모님이 오빠 방에 있는 물건들을 치우면서 엄청 감정이 격해진 상태였거든. 아 물론 그걸 원하지 않았던 건 아니고, *이제 우리 아들 다 컸네! 이제 다신 우리의 어린 꼬마로 돌아오지 않겠지!* 이러고 있는데 갑자기 손주라니!"

"두 분은 최고의 할아버지 할머니가 될 거야."

"벌써 아기 용품들을 사기 시작했다니까. 성별은 나중에 알게 될 거라 전부 중성적인 걸로만 샀어."

나는 메이블과 메이블의 어린 조카를 생각해본다. 새로운 생명

20) 스페인어로 '고모' 라는 뜻.

우린 괜찮아

을 만나기 위해 우루과이로 날아가는 메이블. 한 인간이 자라는 모습을, 둥근 뱃속에서 나와 아기로, 그리고 메이블에게 말을 할 수 있는 아이로 자라는 모습을 지켜보는 것. 나는 그들의 아들이 어렸을 적, 젊은 시절의 자신들을 떠올리며 흥분하는 애나 아주머니와 자비에르 아저씨의 모습을 생각해본다.

숨이 턱 막힌다.

내가 한 생명의 팽창에 대해 이런 식으로 생각해본 적이 있던가. 이전의 나는 그것을 보다 넓은 세상, 대자연과 시간, 세기와 은하 속에서 생각했다. 그러나 이제는 젊은 애나와 자비에르가 사랑에 빠지고, 첫 아이를 낳고, 그 아이가 자라서 결혼하고 먼 곳으로 떠나는 것을 지켜보는 모습을 상상해 본다. 머지않아 그들이 사랑해줄 손자가 태어나리란 것을 안다는 것. 세월이 지나 그들도 나이가 들고, 할아버지처럼 늙어서 허옇게 센 머리와 불안정한 걸음을 가졌는데도 가슴속엔 사랑이 넘치리라는 걸 안다는 것. 그 사실에 나는 기겁을 한다. 나는 전복되고 만다.

기쁜 소식임에도 불구하고 외로움, 끝을 모르는 검은 외로움이 밀려드는 것을 느낀다.

엄마가 날 임신했다는 것을 알았을 때 할아버지는 어떤 기분이었을까. 엄마는 어렸고 남자는 곁에 없었지만 그럼에도 할아버지는 기쁨을 느꼈을 것이다. 충격이 잦아든 뒤에 할아버지도 날 생각하며 기뻐서 춤을 추었을까.

메이블이 두 사람의 장래 계획에 대해 조금 더 들려준다. 출산 예정일이 언제인지, 그리젤다 언니가 어떤 이름들을 좋아하는지.

"내가 이름 목록을 만드는 중이야." 메이블이 말한다. "너한테 읽어줄게. 물론 두 사람이 이름을 짓겠지만 내가 완벽한 이름을 생각해 낼지 혹시 또 알아?"

나는 메이블의 행복 속에 함께 머물러 보려 애쓴다.

"그거 듣고 싶다!" 내가 말한다.

"이런!" 메이블이 냄비를 가리키며 말한다.

칠리가 너무 끓었다. 부글거리며 끓어 넘친다. 우리는 불을 줄이고 칠리를 졸인다. 옥수수빵은 아직 20분이 더 남았다.

나는 아기 방에 대한 메이블의 생각을 듣는다. 봄방학 중에는 그렇게 멀리 여행을 갈 수가 없기 때문에 베이비 샤워[21] 대신 무얼 할지 이야기하는 것을 듣는다. 버틸 수 있는 한 버텨 보지만 외로움을 떨쳐버릴 수가 없다.

그래서 대화가 잠시 끊겼을 때, 메이블의 조카에 대한 얘기가 지나간 것 같았을 때 나는 테이블에 앉는다. 메이블이 내 맞은편에 앉는다.

"귀엽다고 했지." 내가 말한다. "우리 할아버지."

메이블이 미간을 찌푸린다. "그렇게 말해서 미안해."

21) 출산을 앞둔 임신부에게 아기용 선물을 주는 파티.

우린 괜찮아

"아니." 내가 말한다. "*내가* 미안해. 그 얘기 다시 해줘."

메이블이 나를 쳐다본다.

"부탁이야."

메이블이 어깨를 으쓱한다.

"할아버진 항상…… 뭔가 사랑스러운 일들을 하셨잖아. 예를 들면 촛대를 광낸다든가. 요즘 그러는 사람이 어디 있어?"

할아버지는 주방의 동그란 식탁에 앉아 라디오에서 흘러나오는 노래를 흥얼거리며 청동 촛대가 반짝거릴 때까지 닦아서 광을 냈다.

"그리고 무슨 직업처럼 하루 종일 친구들과 카드 게임을 하셨잖아. 그러면 정신이 맑아진다면서. 사실은 위스키를 마시고 친구들하고 어울리는 거면서. 안 그래? 그리고 돈도 따고."

내가 고개를 끄덕인다. "할아버지가 다른 사람들보다 돈을 더 자주 땄어. 내 생각엔 그걸로 할아버지가 날 여기 보낸 것 같아. 20년 가까이 작은 포커 판에서 딴 돈으로."

메이블이 미소를 짓는다.

"할아버지가 만들어준 모든 간식들. 내가 스페인어를 하면 좋아하던 것. 할아버지가 부르던 노래들, 그리고 우리에게 하던 설교들. 그건 좀 더 귀 기울여 들었으면 좋았을 걸. 할아버지한테 배울 게 진짜 많았을 텐데." 메이블이 나를 흘금 쳐다보며 말한다. "적어도 난 배울 게 많았을 거라고. 너도 꼭 그랬을 거라는 건 아니고."

"아니." 내가 말한다. "나도 그런 생각한 적 있어. 할아버지가 설교를 시작하기 전엔 무엇에 관한 내용인지 절대 알 수가 없었지. 어떤 것들은 너무 황당하다 싶었는데, 사실 그렇게 황당한 건 아니었어. 한번은 얼룩 제거에 대해 사흘이나 설교를 하기도 했어."

"빨래의 얼룩 말하는 거야?"

"그렇긴 한데, 다양한 변수가 있었어. 단순히 옷에만 국한된 게 아니었거든. 카펫의 얼룩을 어떻게 제거하는지, 탄산수를 언제 사용하고 표백제는 언제 사용하는지, 탈색 여부를 어떻게 시험해 보는지."

"대단하다."

"응, 난 제대로 배웠어. 무슨 옷이든 얼룩을 뺄 수 있어."

"명심할게." 메이블이 말한다. "빨래를 소포로 보내더라도 놀라지 마."

"내가 방금 무슨 짓을 한 거지?"

우리는 미소를 짓고, 이내 장난기가 가라앉는다.

"할아버지의 얼굴이 그리워." 메이블이 말한다.

"나도."

그의 눈과 입, 이마 한복판의 깊은 주름들. 짧고 거친 속눈썹과

푸른 바다 빛깔 눈. 니코틴으로 얼룩진 치아와 커다란 미소.

"얼마나 농담을 좋아했는지." 메이블이 말한다. "하지만 농담을 하고선 자기가 가장 크게 웃었어."

"그랬지."

"그거 말고도 진짜 많은데, 말로 표현하기가 힘들어. 원한다면, 그래도 한번 얘기해 볼게."

"아니." 내가 말한다. "그 정도면 충분해."

나는 나의 마음이 그 마지막 밤과 그날 발견한 것들로 돌아가지 못하게 막는다. 대신 메이블이 했던 말 하나하나를 재생하며 그려본다. 하나씩 하나씩, 그것들이 또 다른 추억으로 변할 때까지. 할아버지가 격자무늬 슬리퍼를 신고 복도를 걸어 다닐 때 나던 소리. 항상 짧고 깔끔하게 유지했던 손톱. 헛기침을 할 때 났던 낮은 그르렁 소리. 그 보드라운 온기가, 지난날의 속삭임이 나를 감싼다. 그 온기가 조금이나마 나의 외로움을 걷어낸다.

그리고 그 순간 나는 메이블이 했던 다른 말을 떠올린다.

"카를로스 오빠 방을 왜 치우는데?"

메이블이 고개를 갸우뚱한다.

"너 주려고. 방을 새로 꾸몄다고 얘기했잖아."

"난 손님방 말하는 건 줄 알았는데."

"그 방은 너무 좁아. 그리고 거긴 손님이 묵는 방이야."

"아." 내가 말한다. 떵 하는 기계음이 울린다. "난 왠지 그 방일 거라고…….."

떵 소리가 또 울린다. 오븐 타이머 소리다. 우리가 있는 곳이 어디인지 거의 잊고 있었다. 무슨 말을 해야 할지 알 수 없어서 옥수수 빵을 확인해 본다. 황금빛으로 알맞게 구워졌다. 내 안의 무언가가 움직인다. 무거운 먹구름이 지나간다. 한 줄기 햇살. 방문에 써놓은 내 이름.

나는 서랍들을 차례로 뒤져 낡은 오븐 장갑을 찾는다. 진저브 레드맨이 그려져있다. 메이블에게 보여준다.

"시기가 너무 적절하다." 메이블이 말한다.

"그러게?"

장갑이 너무 해져서 팬의 열기가 그대로 배어나지만, 너무 아파지기 전에 가까스로 조리대 위에 빵을 내려놓는다. 빵 냄새가 실내를 채운다.

우리는 캐비닛에서 꺼낸, 짝이 맞지 않는 그릇에 칠리를 덜어놓고 그 위에 사워크림과 미리 갈아놓은 치즈를 뿌린다. 옥수수 빵에 바를 꿀을 덜은 다음 버터의 포장을 벗긴다.

"너 사는 얘기 듣고 싶어." 몇 달 전에 했어야 하는 얘기다. 어제 그리고 그 전날 했어야 하는 얘기다.

메이블이 로스앤젤레스 이야기를 들려주고 주변 사람들의 이

우린 괜찮아

름들을 말해주고 처음 몇 주 동안은 방황했지만 최근에는 한결 편안해졌다는 얘기를 한다. 우리는 함께 애나 아주머니의 갤러리 웹사이트를 찾아보고 메이블이 아주머니의 전시에 대해 얘기한다. 나는 화면을 내려가며 나비 이미지들을 본다. 나비의 날개는 사진 조각들로 이루어져 있고 사진을 알아볼 수 없을 때까지 색을 칠했다.

"이게 뭔지 설명해 줄 수도 있지만." 메이블이 말한다. "네 힘으로 이해할 수 있다고 확신해."

나는 누구 소식을 들었냐고 물었고 메이블이 내게 벤이 피처 대학을 마음에 들어 한다고 말해준다. 벤이 내 소식을 묻더라고. 벤도 걱정한다고. 언젠가 주말에 한번 뭉치자고 했다고. 그러나 서던 캘리포니아는 방대하다. 어디든 가려면 영원처럼 긴 시간이 걸리고 그들 모두 새로운 일상에 적응하려 애쓰는 중이다. "그래도 벤이 거기 있어서 다행이야. 고향 친구가 그리울 때 너무 멀리 가지 않아도 되잖아." 메이블이 잠시 말을 멈춘다. "뉴욕에도 친구들 있는 거 기억하지?"

내가 고개를 젓는다. 너무 오랫동안 그런 생각을 하지 않았다.

"코트니가 뉴욕대학에 있어."

내가 웃는다. "걜 볼 일은 없을 거야."

"엘레노어는 사라 로렌스에 있고."

"걔는 잘 알지도 못해."

"나도 그렇긴 한데 걔 진짜 웃겨. 여기서 사라 로렌스 얼마나 멀어?"

"뭐하려고?"

"난 네가 혼자 있지 않았으면 좋겠어."

"코트니나 엘레노어가 그 문제를 해결할 수 있을 거라고 생각해?"

"그렇네." 메이블이 말한다. "네 말이 맞다. 내 생각이 짧았어."

나는 설거지를 하려고 일어서다가, 그냥 접시를 포개어 한쪽으로 밀어놓는다. 다시 앉아서 빵 부스러기를 손으로 쓸어낸다.

"더 듣고 싶어." 내가 말한다. "옆길로 샜네."

"내가 제일 좋아하는 수업 얘기는 벌써 했고……."

"제이콥 얘기 좀 해봐."

메이블이 눈을 세게 깜빡인다.

"걔 얘긴 안 해도 돼."

"괜찮아." 내가 말한다. "걔도 네 삶의 일부잖아. 듣고 싶어."

"우리가 얼마나 진지한 관계인지도 잘 모르겠어." 그러나 나는 거짓말을 하고 있다는 걸 안다. 밤에 메이블이 그에게 얘기하는 방식을 보면. 메이블이 *사랑해*라고 말하는 방식을 보면.

나는 메이블을 쳐다보며 기다린다.

우린 괜찮아

"사진 보여줄게." 고개를 끄덕인다.

메이블이 휴대폰을 든다. 몇 장을 넘겨 사진 한 장을 고른다. 두 사람이 바닷가에서 어깨를 맞대고 나란히 앉아있다. 그는 선글라스를 끼고 야구 모자를 쓰고 있다. 뭘 보라는 건지 잘 모르겠다. 대신 나는 메이블을 본다. 환한 미소, 하나로 땋아서 어깨 위로 늘어뜨린 머리, 맨팔, 그에게 기댄 모습.

"너희 진짜 행복해 보인다." 내가 말한다. 진실하고도 단순하게 나오는 말이다. 쏩쓸함이나 회한 없이.

"고마워." 메이블이 속삭인다.

휴대폰을 거둔다. 주머니에 집어넣는다.

1분이 지난다. 어쩌면 몇 분이.

내가 쌓아놓은 접시들을 메이블이 싱크대로 가져간다. 메이블이 접시 두 개와 그릇 두 개, 그리고 냄비와 팬, 포크와 나이프를 닦는다. 어느 순간 내가 일어나 행주를 찾는다. 메이블은 스토브에 튄 칠리를 긁어내고 나는 그릇의 물기를 닦아 정리한다.

제15장

7월 그리고 8월

늦도록 밖에 머무는 여름이었고, 방황의 여름이었다. 더 이상 집에서 저녁을 먹는 것이 당연하지 않았다. 할아버지와 나는 마치 서로가 없는 미래를 연습하는 것 같았다. 처음 며칠 동안은 할아버지가 날 위해 음식을 남겨두었다. 한두 번은 내가 자비에르 아저씨가 만든 음식이 남았으니 가져가겠다고 전화를 했었다. 할아버지가 끼니를 거를까 봐 걱정이 되어서였지만 내가 물어도 할아버지는 결코 인정하지 않았다. 하루는 빨래를 하러 지하실에 내려갔다가 할아버지의 양말 한 짝 안에 피 묻은 손수건들이 들어 있는 것을 발견했다. 여섯 장의 손수건이었다. 나는 그것들을 한 장씩 펼쳐놓고 할아버지가 가르쳐준 비법대로 해보았다. 세탁

우린 괜찮아

기가 다 돌아가길 기다리면서 그 비법의 효력을 기다렸다. 이내 여섯 장 모두 깨끗해졌지만 목이 잠겼고 가슴이 아팠다.

나는 손수건들을 반듯하게 접은 다음 위층으로 가져가서 개어 놓은 빨래 맨 위에 두었다. 다시 올라갔을 땐 할아버지가 거실에서 위스키를 따르고 있었다.

할아버지가 접힌 빨래를 보았다.

"좀 어떠세요?"

할아버지가 헛기침을 했다.

"그냥 그래."

"병원엔 가보셨어요?"

내 말이 우습다는 듯 할아버지가 코웃음을 쳤다. 나는 중학교 때 보건 수업을 듣고 나서 할아버지에게 흡연의 위험성에 대해 얘기했던 기억을 떠올렸다.

"우리 대화가 아주 미국적이구나." 그때 할아버지가 말했었다.

"우린 미국에 사니까요."

"미국에 살지, 선원. 살고말고. 하지만 어디에 살건 결국 무언가가 우릴 끝장낸단다. 기어이 우릴 끝장내고 말아."

그 말에 어떻게 반박해야 할지 그땐 알지 못했다.

좀 더 세게 다그쳤어야 했는데.

"손댄 적 없지?" 할아버지가 위스키 병을 들어 보이며 말했다.

"그렇지?"

나는 고개를 저었다.

"그러니까 그때 한 번 빼고는."

"그때 한 번 뿐이었어요."

"좋아." 할아버지가 말했다. "착하구나." 할아버지가 병마개를 돌려 닫은 다음 잔을 들었다. "잠깐 시간 좀 있니? 보여줄 게 있어."

"그럼요."

할아버지가 식탁을 가리켰고 그 위에는 서류들이 펼쳐져 있었다. "여기 앉아보렴."

내가 가게 될 대학에서 온 서류들이 앞에 놓여있었다. 첫 두 학기의 학비를 지불해 주어서 감사하다는 내용의 편지였다. 내 사회보장번호와 출생증명서가 들어있는 봉투도 하나 있었다. 할아버지가 그걸 갖고 있는 줄은 몰랐다. "이게 바로." 할아버지가 말했다. "새로 개설한 네 은행 계좌란다. 큰 액수처럼 보일 거야. 그래, 사실 큰 액수이긴 해. 하지만 곧 없어질 거다. 학교에 가게 되면 4달러짜리 커피는 더 이상 없어. 이건 식비와 교통비로 쓸 돈이니까. 교재와 입을 옷을 살 돈이고."

심장이 뛰기 시작했다. 눈시울이 뜨거워졌다. 내겐 할아버지밖에 없었다.

"이건 현금카드야. 암호는 4073. 어디 적어 놔라."

우린 괜찮아

"제가 쓰던 카드 쓰면 되잖아요." 내가 말했다. "할아버지하고 같이 쓰던 계좌요." 나는 서류에 적힌 금액을 보았다. 우린 그렇게 큰돈을 가져본 적이 없었다. "이렇게 큰돈은 필요 없어요."

"필요해." 그는 헛기침 때문에 잠시 멈췄다가 다시 한번 말했다. "필요할 거야."

"전 할아버지만 있으면 돼요."

할아버지가 의자 뒤로 기대어 앉으며 안경을 썼다. 그리고 안경을 벗어 닦은 뒤 다시 안경을 썼다.

"선원." 할아버지의 눈은 데이지 꽃처럼 노랬다. 최근에는 기침할 때마다 피가 섞여 나왔다. 내 옆에 앉아있는 할아버지는 마치 산 송장 같았다.

할아버지가 고개를 저으며 말했다. "넌 늘 영리한 아이였어."

너무 깊이 생각하지 않으려 애쓰는 여름이었다. 다가오는 끝을 애써 외면하는 여름이었다. 무슨 요일인지, 몇 시인지도 모르고 시간 가는 줄 몰랐던 여름이었다. 햇볕이 쨍하고 너무 더워서 그 열기가 영원히 머물 거라고, 우리 앞에 더 많은 날들이 있을 거라고, 손수건의 피는 얼룩 제거를 연습하기 위한 것일 뿐 소멸의 징후가 아닐 거라고 믿었다.

그것은 부정의 여름이었다. 나의 몸이 메이블의 몸에 무얼 할 수 있는지, 메이블의 몸이 나의 몸에 무얼 할 수 있는지 알아가는 여름이었다. 메이블의 흰 침대 위에서, 베개에 메이블의 머리카락을 늘어뜨리며 보낸 여름이었다. 나의 빨간 양탄자 위에서, 우리의 얼굴에 햇살을 담으며 보낸 여름이었다. 사랑만이 전부였고 대학이나 지리적 거리를 입 밖에 꺼내지 않는 여름, 버스나 차를 타고 나가 샌들 신은 발로 시내를 돌아다니는 여름이었다.

해변을 찾은 관광객들이 우리가 즐겨 앉던 자리에 앉아있었다. 우리는 애나 아주머니의 차를 빌려 골든게이트를 건넜다. 그리고 그곳에서 둘만의 조그만 바다 한 조각을 찾았다. 우리는 다른 나라에 속한 어두운 레스토랑에서 피시앤칩스를 먹었고, 조개껍데기 대신 바닷가의 유리 조각들을 모았다. 삼나무 숲에서 키스했고, 물속에서 키스했고, 도시 전체의 주간 혹은 심야 영화를 보며 키스했다. 서점에서 키스하고, 음반 가게에서 키스하고, 피팅룸 안에서 키스했다. 렉싱턴 클럽[22]을 들어가기엔 너무 어려서 그 앞에서 키스했다. 우리는 렉싱턴 문 안쪽에 짧은 머리와 긴 머리, 립스틱과 문신, 꽉 끼는 드레스와 꽉 끼는 청바지, 셔츠와 캐미솔을 입은 여자들을 보았고 그들 틈에 있는 우리의 모습을 그려보았다.

메이블이 나보다 2주 정도 먼저 떠나야 한다는 사실에 대해 얘기하지 않았다. 손수건에 묻은 피에 대해서도, 우리 집 안쪽에서

22) 샌프란시스코 서부에 위치한 레즈비언 클럽.

우린 괜찮아

들려오는 기침 소리에 대해서도 얘기하지 않았다. 메이블에게 서류들과 새 현금카드에 대해 얘기하지 않았고 아예 떠올리지도 않았다. 메이블이 없을 때에만, 가장 어둡고 고요할 때에만 생각했고 그런 생각이 떠오르면 이내 밀어냈다.

그러나 강렬한 부정조차도 시간을 멈출 순 없었다. 어느 날, 우리는 메이블의 집에 있었다. 내가 보지 않을 때 메이블이 챙겨놓은 슈트 케이스들과 더플백들이 현관 앞에 있었다. 다음 날 아침 가방들은 차에 실릴 예정이었다. 메이블의 부모님이 로스앤젤레스까지의 왕복 도로 여행에 함께하자고 했지만 메이블 없이 혼자 돌아오는 것을, 뒷좌석의 유일한 승객이 되는 것을 견딜 수 없었다. 내가 가지 않겠다고 하자 메이블도 안심하는 눈치였다.

"그러면 가는 길 내내 울 것 같아." 그날 밤 자신의 방에서 메이블이 말했다. "어차피 울지도 모르겠지만 나 혼자 가면 너는 그걸 안 봐도 되잖아."

나는 미소를 지으려 했지만 실패했다. 부정해온 것들이 문제를 일으키기 시작했다. 막상 진실이 닥쳐오자 아무런 준비가 되어 있지 않았던 것이다.

우리는 노트북을 열었다. 로스앤젤레스에서 더치스 카운티까지의 거리를 확인해 보았다. 45시간이 걸리는 거리였다. 우리는 45시간이면 그렇게 멀지 않다고 말했다. 훨씬 더 멀 줄 알았는데.

네브래스카에서 만날 수도 있을 거라고, 거긴 각자 20시간씩만 오면 된다고. *별거 아니네.* 우리는 그렇게 말했지만 서로의 눈을 쳐다볼 수 없었다.

한밤중에 메이블이 속삭였다. "우리 아마 네브래스카에서 못 만나겠지?"

나는 고개를 끄덕였다. "우린 차도 없잖아."

"방학이 있잖아." 메이블이 말했다. "그때 집에 오면 돼."

"다들 4년이라고 말하지만, 따지고 보면 그냥 한 번에 몇 달씩 떠나는 것뿐이야. 그리고 여름엔 몇 달이나 집에 있잖아."

메이블이 고개를 끄덕이며 나의 뺨을 어루만졌다.

아침은 너무 빨리 왔다. 너무도 화창했고 주방에서 달그락거리는 소리가 요란했다. 나는 아무것도 먹지 못하리라는 것을 알았다. 그래서 옷을 입고 아침을 먹기 전 메이블의 집에서 나왔다. 버스를 타고 집으로 돌아오는 내내 가슴 저린 노래를 반복해 들었다. 그래도 아직은 슬픔마저 아름다운 여름이었으니까.

제16장

우리의 시간은 줄어들고 있고 나는 아직 준비가 안 됐다. 나는 기숙사의 썰렁함을 다시금 느끼고 있다. 그 썰렁함이 밀려들고 있었다. 이것은 크리스마스에도 달라지지 않을 것이다. 지금과 똑같을 것이고 여기서 꼭 한 사람이 줄어들 것이다. 실내가 더 따뜻해지지도 않을 것이고 불빛이 반짝이지도, 소나무 향이 풍기지도 않을 것이다. 할아버지의 노래들로 채워지지도 않을 것이다. 우리의 크리스마스 장식들은 다 어디 갔을까? 조그만 천사 종, 색칠한 말, 앙증맞은 나무, 반짝이로 꿰맨 M자.

정오가 되고, 1시가 된다. 나는 수시로 휴대폰을 본다. 시간이 뒤에서 살금살금 다가오는 것을 원치 않기 때문이다.

2시가 되자 나의 몸은 무겁게 축 늘어진다. 나는 또다시 모든 게 끝이라는 생각을 떨쳐버릴 수가 없다. 그러나 이번엔 더 끔찍하다. 오늘이 지나면 그다음엔 뭐가 기다리고 있을지 알기 때문이다.

2시 반이다.

아직 메이블에게 할 얘기가 너무나 많다.

메이블은 아직 할아버지에 관해 다른 것들을 묻지 않았다. 어젯밤 이후 버디라는 이름을 들먹이지도 않았다. 나는 그 기분을 안다. 알고 싶지 않은 기분. 그렇지만 내가 말하면 메이블이 들으리라는 것 또한 안다. 우리는 지금 게임을 하고 있다. 서로 상대가 먼저 시작하기를 바란다.

아무 말도 하지 못한 채로 3시가 된다. 이제는 시작해야 한다. 나는 힘겹게 입을 뗀다.

"네가 떠난 뒤에 무슨 일이 있었는지 얘기해야겠어."

우리는 다시 방으로 돌아와 양탄자 위에 앉아서 한나의 잡지를 뒤적이고 있다. 나는 완벽한 집들과 완벽한 옷들이 담긴 페이지들을 보지만 거기 있는 그 어떤 글자에도 집중할 수가 없다.

메이블이 잡지를 덮고 옆에 놓는다. 나를 본다.

우린 괜찮아

제17장

8월

메이블이 떠난 후 나는 매일 아침 일찍 눈을 떴다. 이유는 모르겠다. 잠으로 시간을 때우고 싶었지만 그럴 수가 없었다. 지붕과 전화선과 나무에 안개가 짙게 드리웠다.

나는 차를 만들어 방으로 가져간 뒤 책을 읽으며 동이 트기만을 기다렸다.

그러곤 오션 비치로 나갔다.

나는 메이블과 나란히 앉아 바다를 보던 자리에 홀로 앉았다. 엄마를 기억해보려 애썼다. 오랜 세월 동안 그 자리에 앉아 보았음에도 불구하고 그런 생각은 해본 적 없었다. 그제야 분명해졌다. 파도가 밀려들었다. 나는 서핑 보드 위에 있는 엄마의 모습이 어땠는지, 다시 해변으로 돌아올 때 보드를 어떻게 끌었는지, 나에게 다른 손을 어떻게 흔들었는지 기억해보려 애썼다. 아마도 나는 여기에 엄마의 친구들과 앉아있었을 것이다. 아마도 묻어두었던 그 시절의 기억들이 매번 나를 이곳으로 이끌었을 것이다.

8월 중순이었다. 메이블은 며칠 전에 떠났고 내가 떠나는 날까진 아직 2주 정도가 남아있었다. 고요한 아침이었고 저만치에서 남자들이 서핑을 하고 있었다. 그들은 이내 물에서 나와 이야기를 나누다가 어느 순간 나를 보았다. 그들이 무슨 얘기를 하는지 알 것 같았다. 남자 둘이 다른 한 명에게 내가 누구인지 알려주고 있었다.

너무 부당하다는 생각이 들었다. 그들은 엄마를 기억하고 나는 기억하지 못하다니. 가만히 눈을 감고 귀를 기울이면 기억이 날까. 숨을 깊게 들이마셨다. 냄새가 추억을 되살리기도 하니까. 그러던 중 목소리가 들려왔다. 남자들 중 한 명이었다. 다른 둘은 보이지 않았다.

"마린." 그가 말했다. "맞지?"

"네."

나는 눈을 가늘게 뜨고 그를 보았다. 혹시 내 머리카락이 엄마를 떠올리게 했을까. 어쩌면 그가 미묘한 무언가에 대해 말해줄지도 모른다고 생각했다. 내가 풍기는 분위기 혹은 나의 몸짓에 대해.

우린 괜찮아

"뭘 기다리니?"

"아무것도요." 내가 말했다.

그러나 그것은 진실이 아니었다. 나는 그가 먼 과거의 향수에 젖기를 기다렸다. 다른 사람들이 그랬던 것처럼. 나는 하마터면 먼저 손을 내밀 뻔했다. 보나마나 조개껍데기를 내밀 테니까. 어쩌면 내 손바닥에 닿는 조개껍데기의 느낌이라면 가능할지도.

"네가 엄마를 꼭 닮았다는 얘길 듣긴 했지만, 정말 황당할 정도네."

향수에 젖은 목소리는 아니었다. 그러나 나는 미소를 머금고 고맙다고 말했다.

"주차장에 밴이 있고 시간도 좀 있는데." 그가 말했다.

몸이 경직되었다. 배 속에 있는 납덩어리에도 불구하고 모래 속으로 가라앉는 것 같은, 어둠이 밀려드는 것 같은 기분에도 불구하고 나는 목소리에 힘을 주었다. "누구신데요?" 내가 물었다.

"난 프레드야." 그가 말했다.

"그런 이름은 들어본 적 없어요."

나는 바다 쪽으로 고개를 돌려 부서지는 파도를 보았다. 파도에 집중할수록 파도 소리는 더 커지고 더 가까워졌다. 파도 한 자락이 발끝에 닿을 때쯤 일어섰다.

난 혼자였고, 그게 내가 바라던 바였지만, 기분이 끔찍했다.

나에겐 무언가가 필요했다.

애나 아주머니를 떠올렸지만, 그건 어리석은 생각이었다. 애나 아주머니는 나의 것이 아니었다.

나에겐 따뜻한 집, 음악, 달콤한 향이 나는 방들이 필요했다.

차들이 날 위해 길을 열어주었고 어두워지는 하늘도 내가 문을 열고 위층으로 올라갈 때까지 빛을 지켜주었다.

"할아버지." 내가 소리쳤다. "돌발 상황! 케이크 먹고 싶어요!"

할아버지는 거실에도 식탁에도 없었다. 주방은 비어있었고 스토브와 오븐에는 아무것도 없었다.

"할아버지?"

나는 그 자리에 얼어붙은 채 귀를 기울였다. 정적. 아마 외출한 모양이라고 생각했지만 어느새 내 몸은 서재 문 앞에 서있었다. 나는 할아버지를 보았다. 할아버지는 책상 앞에 앉아있었다. 크리스털 재떨이에서 담배가 타고 있었고 손에는 펜을 든 채 멍하니 앞을 보고 있었다.

"할아버지?"

"나중에."

그 목소리마저도 할아버지의 목소리가 아니었다.

"죄송해요." 내가 물러서며 말했다.

나는 소파 쪽으로 갔다. 나는 무엇에 관한 것도 좋으니 설교를 듣고 싶었다. 커피 전문점의 적절한 이름. 수녀들의 이중성. 육체적 사랑과 정신적 사랑의 차이.

나는 식탁 밑에서 우리의 무릎이 맞닿기를 원했다.

할아버지가 엄마 얘기를 들려주기를 원했다.

밤이 되도록 할아버지는 나오지 않았다. 저녁을 만들지도 않았다. 나는 등이 욱신거리고 발에 쥐가 날 때까지 소파에 앉아있다가 피가 통하지 않아 어쩔 수 없이 일어섰다. 잘 준비를 하고 집 앞쪽에 있는 내 방으로 들어갔다. 나 말고는 아무도 들어간 적 없는 나의 방으로.

제18장

"마린." 메이블이 말한다. "제발 말을 해."

아마 내가 입을 다물고 있었던 모양이다. 미처 깨닫지 못했다.

"*할아버지가 보고 싶어.*" 내가 속삭인다. 이런 말이 나올 줄은 몰랐다. 그냥 그 말이 튀어나왔다. 사실인지조차 모르겠다. 물론 *할아버지가* 보고 싶긴 하지만, 보고 싶지 않기도 하니까.

메이블이 바짝 다가앉는다.

"알아." 메이블이 말한다. "안다고. 하지만 나한테 하려던 얘기가 있잖아. 그 얘길 듣고 싶어."

메이블의 무릎과 내 무릎이 너무 가깝다. 어젯밤 줄곧 서로 끌어안고 있어서 메이블은 더 이상 날 만지는 걸 두려워하지 않는다. 나는 메이블을 사랑하지만, 다시 돌아갈 수는 없다. 해변의 모닥불은 없다. 입맞춤도 없다. 굶주린 듯 더듬는 손길도 없다. 머리카락을 파고드는 손가락도 없다. 그러나 거기서 더 과거로 돌아갈 수는 있다. 귀엽다는 게 우리 할아버지를 제대로 표현하는 말이고 메이블은 그저 나의 친한 친구였던, 보다 덜 복잡했던 시절로.

나는 모든 걸 털어놓고 싶지만 아직은 말할 수가 없다. 말이 목에 걸려있다.

"네가 말해봐." 내가 말한다.

"뭐를?"

"뭐든."

더위에 대해 얘기해줘.

해변에 대해 얘기해줘.

할아버지와 함께 살던 어느 소녀 얘기, 편안한 사랑으로 가득 차 있던 집, 유령이 출몰하지 않던 집 얘기, 케이크 밀가루가 묻은 손들, 집 안에 진동하던 달콤한 냄새. 할아버지와 소녀가 서로의 빨래를 해서 거실에 개어놓던, 비밀이 있어서가 아니라 단지 그게 그들의 방식이라서. 소박하고 편안하고 진실한 삶의 방식이라서 그렇게 했던 얘기.

메이블이 말을 하기도 전에 내 말이 먼저 나와 버린다.

"그 중에 진실은 하나도 없었어."

메이블이 더 바짝 다가앉고 우리의 허벅지가 맞닿는다. 메이블이 나의 손을 잡는다, 바닷가에서 그랬던 것처럼. 얼어있는 내 몸을 따스하게 해줄 수 있다는 듯이.

"진실이 아니었다고?"

"*할아버지.*" 내가 속삭인다.

"무슨 말인지 모르겠어." 메이블이 말한다.

"할아버지 방에 커다란 벽장이 있었어. 할아버진 사실 거기 살고 있었어. 그 안이 온통 *그런 것*들이었어."

"어떤 것들?"

"편지들. 전부 다 할아버지가 쓴 거였어. 다른 이름으로 서명을 했지만 실은 전부 다 할아버지가 쓴 거야."

"마린, 난 도저히……."

우린 괜찮아

제19장

8월

할아버지가 집을 나서는 소리에 잠에서 깼다. 문 닫는 소리, 계단 내려가는 소리. 거리를 내다보니 할아버지가 모퉁이를 돌아 상점 방향, 혹은 보 할아버지의 집 방향, 혹은 동네를 산책할 때면 들르곤 하는 곳들 방향으로 걸어가는 모습이 보였다.

나는 늦잠을 잤다. 샤워를 하러 들어간 시간이 거의 11시였다. 샤워를 마치고 나와 달걀을 삶아서 할아버지 몫으로 그릇에 두 개를 남겨놓았다. 내가 마실 차를 만들고 할아버지가 돌아오면 마실 수 있도록 티백 하나를 찻잔에 놓아두었다. 나는 소파에 앉아 잠시 책을 읽었다. 그러다가 밖으로 나갔다. 남은 시간은 벤과 레이니와 함께 돌로레스 공원에서 보냈다. 레이니에게 공을 던져

주고, 벤과 함께 웃으면서 지난 7년간의 추억을 나누었다. 우리는 벤이 가장 좋아하는 멕시코 식당 기둥에 레이니를 묶어놓았다. 멋쟁이들이 가던 길을 멈추고 레이니를 쓰다듬는 것을 지켜보았다.

"너 이거 없이 어떻게 살래?" 부리토를 한 입 베어 물며 그가 말했다. "뉴욕에 멕시코 음식 있어?"

"솔직히 말할까? 나도 몰라."

나는 8시가 넘어서 집으로 돌아왔고, 돌아오자마자 곧바로 정적을 감지했다.

"할아버지?" 내가 소리쳤지만, 전날 밤처럼 할아버지는 대답하지 않았다.

방문은 닫혀 있었다. 나는 노크를 하고 기다렸다. 전혀 기척이 없었다. 차는 집 앞에 있었다. 혹시 빨래를 하고 있나 해서 지하실로 내려가 보았지만 세탁기는 잠잠했다.

주방에 가보니 할아버지 것으로 남겨놓은 달걀들은 건드리지 않은 상태 그대로 그릇에 있었다. 컵에 놓아둔 티백도 마른 상태 그대로였다.

오션 비치. 거기 가 봐야지. 나는 스웨터를 걸치고 거리로 나갔다. 하늘은 어두워지고 있었고 내가 뛰어서 길을 건널 때 그레이트 하이웨이의 자동차 전조등들이 반짝였다. 나는 백사장으로 들어섰고 모래 언덕 쪽으로 달렸다. 바다풀들이 내 발목을 긁었고,

한 무리의 새들이 머리 위로 날아갔다. 나는 부정할 수 없는 사실인데도 대부분 무시해 버리는 경고문을 지나쳤다. 나는 할아버지의 젖은 바짓단을 떠올렸고, 앙상하게 야윈 몸을 떠올렸고, 손수건에 묻은 피를 떠올렸다. 바다의 형체가 보였지만 세세한 것까지 보일 정도로 밝진 않았다. 엄마의 친구들이 있는지 찾아보았다. 역시 아무리 노련한 서퍼들이어도 해질 녘엔 서핑을 하지 않았다.

산책하는 사람들 일행이 보였고 개를 데리고 산책하는 외로운 사람들도 두어 명 보였다. 노인은 보이지 않았다. 나는 발길을 돌렸다.

다시 집으로 돌아와 할아버지의 방문을 두드렸다.

정적.

두려움이 내 시야를 흐렸다.

일련의 상승과 하강. 심장의 정박과 엇박.

이건 내 마음이 내게 속임수를 쓰는 것이다. 내가 지나치게 예민하게 반응하는 것이다. 할아버지는 항상 외출을 했고, 나는 여름 내내 거의 집에 있지 않았다. 그런데 할아버지가 지금 날 위해 집에 있어야 하나? 나는 문 앞에 서 있었다. "할아버지!" 내가 소리쳤다. 너무 큰 소리여서 그 소리를 듣고도 계속 잘 수는 없을 것 같았다. 침묵이 계속되자 나는 별일 없을 거라고 중얼거리기 시작했다.

주방에 들어가 주전자를 스토브 위에 올려놓았다. *물이 끓기 전에 할아버지가 올 거야.* 나는 파스타를 넣고 타이머를 맞추었다. *10분이 다 가기 전에.* 버터도 녹였다. 배가 고프진 않았지만 그래도 먹을 생각이었다. 다 먹으면 할아버지가 내 이름을 부르며 문으로 들어설 거라고 생각했다.

시간이 흘렀고, 나는 최대한 천천히 먹었다. 하지만 그릇을 다 비우도록 여전히 나는 혼자였다. 대체 어떻게 된 걸까. 나는 울지 않으려 애쓰며 울고 있었다.

나는 전화기를 들고 존스 할아버지의 집 번호를 눌렀다. 침착한 목소리를 유지하려 애썼다. "아니." 존스 할아버지가 말했다. "어제 만났어. 내일 보기로 했고." 보 할아버지의 집에 전화했다. "포커는 *내일* 밤인데." 보 할아버지가 말했다. 나는 다시 할아버지의 방으로 갔다. 문이 부서져라 두드렸다. 문에는 손잡이가 달려 있었고, 그걸 돌리기만 하면 된다는 걸 알았다.

그러나 나는 그러는 대신 다시 전화기를 들었다. 자비에르 아저씨가 받았다.

"다 찾아봤니?" 아저씨가 물었다.

"방은 안 봤어요. 방문이 닫혀 있어요."

침묵 속에서 아저씨의 혼란이 느껴졌다.

"열어 보거라, 마린." 마침내 아저씨가 말했다. "어서 열어봐."

우린 괜찮아

"할아버지가 그 안에 있으면요?" 내 목소리는 너무도 작았다.

"상점가가 좀 막히겠지만 최대한 빨리 그곳으로 가마."

"저 혼자 있어요." 나도 내가 무슨 말을 하고 있는 건지 알 수 없었다.

"경찰에 신고할게. 아마 경찰이 우리보다 빨리 도착할 거다. 넌 그냥 기다리고 있으면 돼. 우리가 곧 갈 테니까. 같이 들어가 보자. 지금 출발해."

나는 아저씨가 전화를 끊지 않길 바랐지만, 아저씨는 전화를 끊었다. 나의 손은 떨리고 있었고 눈은 닫힌 문을 쳐다보고 있었다. 문에서 고개를 돌려 엄마의 사진을 보았다. 엄마가 필요했다. 나는 그 사진을 벽에서 떼어냈다. 좀 더 가까이 보고 싶었다. 액자에서 빼야지. 손에 들고 있으면 기억이 날지도. 내 곁에 있는 엄마를 느낄 수 있을지도.

나는 커피 테이블로 가서 카펫에 무릎을 꿇고 앉았다. 액자를 고정하는 조그만 금속 고정 장치를 젖혔다. 판지를 떼어내니 노랗게 변색된 사진의 뒷면이 보였고 거기에 할아버지의 필체로 쓴 한 줄의 글이 있었다. *1996년, 오선 비치의 버디.* 시야가 흐릿해졌다가 다시 초점이 돌아왔다. 암흑이 나를 짓눌렀다.

나의 마음이 나를 나선형으로 빙빙 돌리는 것 같았다. 혹시 버디라는 이름이 *자기* 혹은 *귀염둥이*처럼 누구에게나 쓸 수 있는 애칭이었나.

나는 처음으로 할아버지의 방문을 열었다.

마침내 할아버지의 서재 안으로 들어섰다. 이 집에서 살았던 15년 동안 한 번도 들어가 본 적 없던 곳. 벽 한 면이 전부 선반이었고 선반마다 편지가 가득 담긴 상자들이 놓여있었다. 나는 떨리는 손을 뻗었다. 편지 봉투에 할아버지의 주소가 적혀 있었다. 할아버지의 필체로.

편지를 펼쳐보았다.

아빠. 편지에 적혀 있었다. *오늘은 산이 너무 아름다워요. 언제 절 만나러 오실 거예요? 잠시만이라도 안 될까요? 마린에겐 학교와 친구들이 있어요. 몇 주 정도는 혼자 지낼 수 있잖아요.* 나는 읽던 것을 멈추었다. 다음 봉투를 보았다. 다음 편지는 콜로라도의 클레어 들레이니에게 쓴 편지였다. 우표도 없고, 부치지도 않았다. 나는 편지를 꺼냈다. *그럴 수 없다는 거 알잖니. 아직은 안 돼. 하지만 곧 가마. 곧.* 나는 다른 편지 상자를 꺼냈다. 전부 다 할아버지가 버디에게, 혹은 버디가 할아버지에게 보낸 것들이었다. 전부 다 할아버지의 필체였다. 날짜는 몇 년 전으로 거슬러 올라갔다. 읽어보려 애썼지만 자꾸만 시야가 흐려졌다.

멀리서 사이렌 소리가 들려왔다. 나는 서재를 나와 할아버지의 침실로 갔다.

담배와 차 냄새가 났다. 할아버지 냄새가 났다. 할아버지의 침대는 깔끔하게 정돈되어 있었다. 내가 지금껏 이 방을 본 적이 없다는 게 얼마나 잘못된 일인지 나는 처음으로 깨달았다. 벽을 두고 사는 게 얼마나 잘못된 일인지. 벽장문이 열려 있었고 스웨터들이 깔끔하게 개어져 있었다. 서랍장을 열어보니 내가 할아버지를 위해 세탁해서 개어둔 셔츠들이 있었다. 조그만 서랍에는 손수건들이 있었다. 나는 무언가를 찾고 있었지만 그게 무언지는 알 수 없었다.

사이렌 소리가 점점 더 커졌다. 그리고 그 순간, 나는 그것을 발견했다. 낡은 벨벳 안락의자가 어떤 문에 기대어져 있었다.

나는 의자를 밀어냈다.

그리고 문의 손잡이를 돌렸다.

방도 아니고 벽장도 아닌 어중간한 크기의 좁은 공간이었다. 어두웠지만 천장에 매달린 줄을 당기자 불빛이 엄마의 물건들 위로 쏟아졌다. 박물관처럼 투명한 비닐에 넣은 다음 삼나무 조각에 셔츠, 바지, 속옷과 수영복, 드레스, 신발, 학교 서류, 글과 편지, 포스터와 기념품, 책과 잡지 등으로 분류표를 붙여놓았다. 벽 전체가 엄마의 사진이었다. 한 치의 빈틈도 없이. 할아버지가 한 번도 내게 보여준 적 없는 사진들이 붙어 있었다. 엄마는 러플달린 옷을 입은 어린 소녀였고, 찢어진 청바지를 입은 십 대 소녀였다. 수영복과 젖은 서핑 슈트를 입은 젊은 여자였고 아기를, 그러니까 나를 안고 있는 젊은 여자였다.

사이렌이 멈추었다. 그들이 문을 두드렸다.

"경찰입니다!" 그들이 소리쳤다.

모든 사진 속 나의 엄마는 이방인이었다. 할아버지가 지금 어디 있는지는 몰라도 다시는 할아버지를 볼 수 없으리라는 걸 알았다. 다시는.

아마도 쾅 하고 현관문이 열리는 소리가 들렸을 것이다.

내 쪽으로 달려오는 발자국 소리가 들렸을 것이다.

안에 누가 있냐고 묻는 소리가 들렸을 것이다. 그러나 내가 그 모든 걸 받아들이는 동안 아무도 서둘러 내게 오지 않았다. 나는 다시 옷들 쪽으로 돌아서서 드레스라는 이름표가 붙은 비닐 백을 열고, 짙은 초록색 드레스를 찾았다. 단지 확인해보기 위해서. 할아버지가 보여주기만 하고 만지지 못하게 했던 그날처럼 드레스가 펼쳐졌다.

손을 놓자 드레스가 바닥에 떨어졌다. 나는 돌아섰다.

경찰관 둘이 날 지켜보고 있었다.

"네가 마린 딜레이니 맞니?"

나는 고개를 끄덕였다.

"네가 도움이 필요하다는 신고를 받았단다."

내 몸은 그리움으로 무거웠고, 나의 마음은 처음으로 증오로 가득 찼다.

그들은 내가 무슨 말이든 해주기를 기다리고 있었다.

"절 다른 데로 좀 데려가 주세요." 내가 말했다.

"경찰서로 갈 거야." 경찰관 한 명이 나에게 말했다.

"스웨터 안 걸쳐도 되겠니?" 다른 한 명이 물었다.

나는 고개를 저었다.

"이런 차에 타게 해서 미안하다." 내가 철창 뒤의 뒷좌석에 올라타자 그가 말했다. "여기서 가까워."

그들이 사무실 의자에 나를 앉혔다. 나에게 물 한 잔을 가져다주었고 또 한 잔을 주었다. 그들은 나를 혼자 두었다가 다시 돌아왔다.

"혹시 할아버지가 특이한 행동을 보인 적이 있니?" 한 명이 물었다.

알 수 없었다. 할아버지는 할아버지처럼 행동했다.

그들은 기다렸다.

"특이한 행동이란 게 뭔데요?"

"미안하다, 애야. 시간이 좀 필요하겠지? 우린 모든 걸 기록으로 남겨야 해서 말이야."

"그럼 다음 질문으로 넘어가볼까." 다른 경찰이 말했다. "혹시 할아버지에게 정신 병력이 있는지 알고 있니?"

나는 웃었다. "그 방을 보셨군요."

"혹시 다른 징후라도?"

"할아버지는 친구들이 자기 위스키에 독을 탄다고 생각했어요." 내가 말했다. "그게 징후일 수도 있죠."

편지 얘기는 차마 할 수가 없었다. 그들도 거기 있었으니 얼마든지 볼 수 있었을 것이다.

"왜 할아버지가 실종된 걸 수도 있다고 믿게 되었지?"

실종이라니, 그게 무슨 뜻이지? 믿게 되다니, 그게 무슨 뜻이지? 내가 아는 것이라고는 펼쳐지던 초록색 천뿐이었다. 손대지 않은 달걀. 비밀의 방들과 사진들. 차와 커피와 담배. 깨끗한 침대. 슬리퍼 한 켤레. 정적. 할아버지가 나에게 숨겨왔던 수천 개의 비밀들.

"암에 걸렸던 것 같아요." 내가 말했다. "손수건에 피가 묻어 있었어요."

"암." 그중 한 명이 소리내어 말하고 적었다.

나는 그의 노트를 보았다. 내가 한 모든 얘기가 적혀 있었다. 마치 나의 대답이 어떤 의미가 있다는 듯이. 마치 나의 대답이 진실을 밝혀준다는 듯이.

우린 괜찮아

"손수건의 피." 내가 말했다. "그것도 쓸 건가요?"

"물론이지." 그가 대답하며 단정한 필체로 적었다.

"오션 비치에서 노인이 바다로 들어가는 걸 봤다는 사람이 둘이야." 다른 경찰이 말했다. 나는 이미 그 사실을 알고 있었던 것 같다. 바다는 얼마나 쉽게 그를 집어 삼켰을까. 이미 알고 있었는데도 몸이 뻣뻣하게 굳었다. 마치 죽은 사람이 나인 것처럼. "수색팀이 출동했단다. 그들이 봤다는 노인이 네 할아버지가 맞다면, 할아버지는 지금 8시간 넘게 실종된 상태야."

"8시간이요? 지금 몇 시예요?"

조사실의 유일한 창문은 복도 쪽으로 나 있었다. 창밖은 대낮일 것이다.

"로비에서 널 기다리는 사람들이 있어. 발렌주엘라 부부야."

나는 바다가 삼킨 할아버지를 떠올렸다. 얼마나 추웠을까. 서핑 슈트도 안 입었는데. 얇은 티셔츠에 맨팔이었는데. 온통 긁힌 자국과 멍투성이인 맨살이었는데.

"너무 피곤해요." 내가 말했다.

"그 분들이 널 집으로 데려다 줄 거야."

다시는 할아버지를 보고 싶지 않았다. 다시는 볼 수 없을 것이다. 하지만 할아버지가 없는 집에 어떻게 다시 들어갈 수 있을까. 상실감이 엄습해왔다. 검고도 텅 빈 상실감이.

나는 애나 아주머니와 자비에르 아저씨를 떠올렸다. 그들이 얼마나 다정하게 날 쳐다볼지, 그들이 무슨 말을 할지. 내가 발견한 사실들을 말해야 한다는 걸 생각했다. 그러나 결코 말할 수 없으리라는 걸 알았다.

내 목소리는 잠겨 있었다. "택시 탈래요."

"그 분들이 네 걱정을 하는 것 같던데. 널 한참 기다렸어."

할아버지는 꽁꽁 얼었을 것이다.

나는 할아버지의 눈물을 생각했다.

"택시를 불러주마. 그게 정말 네가 원하는 거라면."

제20장

"나 지금 잘 이해가 안 가는데." 메이블이 말한다. "그럼 버디가 너희 엄마였다는 거야?"

"버디는 우리 엄마였어. 그리고 버디가 보낸 것들은 할아버지 가 이미 갖고 있던 것들이었어. 버디가 보낸 편지들은 할아버지 가 써서 자기한테 보낸 거였고. *편지를 한 통 써야 한 통 받는 법.*"

"할아버지 필체였다면 네가 알아차리지 않았을까?"

"편지 봉투를 본 적이 없어. 나한텐 우편함 열쇠도 없었어."

"그랬구나." 메이블이 말한다. "그렇게 된 거였어."

"할아버진 전부 다 갖고 있었어. 내 사진과 엄마의 사진 모두. 빌어먹을 박물관을 만들어놓고 나한테 하나도 보여주지 않았어.

난 엄마에 대해 알 수도 있었어. 할아버지와 나의 관계는 진실이 아니었어. 할아버지는 진실이 아니었어."

메이블은 내 손을 쓰다듬는 것을 잊은 듯 그저 꽉 움켜쥐었다.

"슬픔 때문이 아니었을까? 할아버진 진짜였어. 단지 나도 잘은 모르겠지만 상심해서 그랬을 거야."

그랬을까? 할아버지가 내겐 결코 거짓말을 하지 않는다고 생각했다. 할아버지가 누군지 안다고 생각했지만 낯선 사람이었다. 낯선 사람을 어떻게 애도할 수 있을까? 내가 사랑했던 사람이 실존 인물이 아니라면, 그 사람이 어떻게 죽을 수 있을까? 나 자신에게 너무 많은 생각을 허용하는 순간 이런 일이 벌어지고 만다. 나는 눈을 꼭 감는다. 어둠, 정적을 원하지만 빛이 스며든다.

"*돌아가셨어?*" 내가 묻는다. 나의 목소리는 속삭임이고, 속삭임 중에서도 작은 속삭임이다. 내가 가장 두려워했던 바로 그 말이다. 가장 황당한 말, 나를 할아버지와 비슷한 사람으로 만드는 말. "할아버지가 정말 돌아가셨는지 모르겠어."

"마린." 메이블이 말한다. "날 봐."

"물에 빠져 돌아가셨다고 했어. 하지만 시신은 찾지 못했잖아. 결국 찾지 못했다고. 시신들이 그렇게 사라지는 거 봤어? 그런 경우 봤어?"

"날 봐." 메이블이 말하지만, 나는 볼 수가 없다. "날 보라고." 한

우린 괜찮아

번 더 말한다.

나는 내 청바지 솔기를 쳐다본다. 양탄자의 실올을 쳐다본다. 메이블에게서 거둔 떨리는 나의 두 손을 본다. 미쳐가는 게 분명하다. 할아버지처럼, 자기 아내를 가둔 가엾은 로체스터처럼, 모텔 옆방에서 울부짖던 그 여자처럼.

"마린, 할아버지는 돌아가셨어." 메이블이 말한다. "모두가 알아. 바다에서 실종됐다는 걸 알잖아. 신문에도 났고. 단지 어쩌다 그렇게 됐는지 모를 뿐이야."

"그걸 어떻게 알아?"

"그냥 알아." 메이블이 말한다. "그냥 안다고."

그냥 안다. 그냥 안다.

"정말 그런 일이 일어나기도 할까?"

"응." 메이블이 말한다.

"하지만 파도가 있잖아." 내가 말한다. "조수도 있고."

"응. 해류가 바다 깊은 곳에 있는 것들을 끌어올려서 더 멀리 데려가. 그러다가 바위에 걸리기도 하고. 포식자들도 있고."

"확실해?"

"확실해."

"할아버지를 봤다고 하는 사람들이, 다른 사람을 본 걸 수도 있잖아."

메이블은 내 질문에 대답하지 않는다.

"어두웠어." 내가 말한다.

메이블이 잠자코 있다.

"마린."

"정말 어두웠어. 바다가 얼마나 어두운지 알잖아."

제21장

8월

　우리는 많은 것들이 필요하다고 생각하며 산다. 좋아하는 청바지와 스웨터. 따스한 인조털로 안을 댄 재킷. 전화와 음악과 좋아하는 책들. 마스카라. 트러블 커피의 아이리스 브랙 퍼스트 티와 카푸치노. 졸업 앨범이 필요하고 뻣뻣하게 포즈를 취한 학교 무도회 사진이 필요하고, 친구들이 사물함에 끼워놓은 쪽지들이 필요하다. 열여섯 번째 생일에 받은 카메라와 말린 꽃들이 필요하다. 당신이 깨달은 것, 잊고 싶지 않은 것들을 빼곡하게 적어놓은 노트들이 필요하다. 검은 다이아몬드 무늬가 있는 흰 베드 스프레드가 필요하다. 수면 습관에 맞는 베개가 필요하다. 자기계발을 위한 잡지들이 필요하다. 운동화와 샌들과 부츠가 필요하다.

올A를 맞은 학기말 성적표가 필요하다. 파티 드레스, 반짝이는 귀고리, 섬세한 줄에 달린 펜던트들. 속옷이 필요하고, 엷은 색 브래지어와 검은색 브래지어가 필요하다. 침대 위에 걸어놓은 드림 캐처[23]. 유리병마다 담아놓은 수십 개의 조개껍데기들.

경찰서 앞에서 택시가 기다리고 있었다.

*공항이요*라고 말하려 했지만 소리가 나오지 않았다.

"공항이요." 마침내 내가 말했고, 택시가 빠져나간다.

우리는 그 모든 게 필요하다고 생각한다.

휴대폰, 지갑, 엄마의 사진 한 장을 들고 훌쩍 떠나기 전까지는.

---

23) 그물과 깃털, 구슬 등으로 장식한 작은 고리. 원래 아메리카 원주민들
　　이 만든 것으로, 가지고 있으면 좋은 꿈을 꾸게 해준다고 알려져 있다.

　　　　　　　　　　우린 괜찮아

제22장

8월

그곳에 어떻게 도착했는지 거의 기억나지 않는다. 항공권 매표소에 가서 예약이 되어 있다고 말했다.

"항공기 편명을 알고 있니?"

나는 고개를 저었다.

"이름 철자 말해볼래?"

철자가 하나도 기억나지 않았다. 손바닥을 청바지에 닦았다.

경찰서에서 경찰들이 물었다. "어디 가셨는지 정말 모르겠니?"

"할아버지가 나갈 때 전 침대에 있었어요."

"학생? 이름 철자 말해볼래?"

"죄송합니다." 내가 말했다. "제 이름 철자를 못 대겠어요."

"죄송해요." 나는 그들에게 말했다. *"제가 달걀을 삶았는데 그 걸 안 드셨어요."*

"마린 딜레이니의 예약이 있네. 샌프란시스코 국제공항에서 뉴 욕 라과디아 공항으로. 하지만 23일자로 되어있어."

"제가 일찍 왔어요." 내가 말했다.

"지금 흥분한 상태인 것 같구나." 그들이 말했다.

"오늘 자로 구할 수 있는지 알아볼게." 여자가 말했다. *"추가 요 금이 있어."*

나는 현금카드를 꺼냈다.

그 열기. 뉴욕에 도착하는 순간의 열기가 나를 집어삼켰다. 내 가 평생 살았던 곳은 더운 날에도 서늘한 산들바람이 불었는데, 이곳은 해질 녘임에도 무겁고 맹렬한 바람이 불었다.

나는 공항에서 버스를 탔다. 어느 방향으로 가야할지 몰랐지만 아무래도 상관없었다. 나는 창밖을 내다보았고 어둠 속에서 반짝 이는 모텔의 간판을 보았다. *집 떠난 이들의 집*이라고 적혀 있었 다. 나는 다음 정류장에서 내리려고 벨을 눌렀다. 모텔 로비에 들 어선 순간 이곳은 내가 머물 곳이 아님을 깨달았다. 도로 나왔어 야 했지만 나는 로비를 가로질렀다.

"열여덟 살 넘었니?" 카운터 뒤의 남자가 내게 물었다.

"네." 내가 말했다.

그가 나를 보았다. "신분증."

운전면허증을 내밀었다.

"얼마나 묵을 예정이지?"

"23일에 나갈 거예요."

그가 내 카드로 계산을 했고, 고개를 끄덕이며 열쇠를 내밀었다.

나는 계단을 올라가 복도를 따라 걸으며 217호를 찾았다. 그러다 내 옆방을 보고는 깜짝 놀랐다. 한 남자가 창틀에 올라서서 밖을 내다보고 있었다.

나는 열쇠를 돌리고 안으로 들어섰다.

퀴퀴한 것보다 더 나빴다. 불결한 것보다 더 나빴다.

냄새를 빼려고 창문을 열어보았지만 창문은 고작 3센티미터 정도만 열렸고 바깥공기는 여전히 무겁고 뜨거웠다. 커튼은 뭐가 묻은 건지 뻣뻣했다.

카펫은 낡고 얼룩덜룩했고 이불은 찢어져 있었다. 나는 폴더에 넣은 사진을 지갑, 휴대폰과 함께 의자 위에 놓았다.

옆방 여자가 울부짖기 시작했다. 멈출 줄을 몰랐다. 내 아래층에는 누군가가 텔레노벨라[24]를 크게 틀어놓았다. 무언가 부서지는 소리가 들렸다. 이 모텔의 방 몇 개는 운이 다한 사람들이 장기 투숙객으로 사용하고 있을 가능성이 있었다. 그러나 다행스럽게

---

24) 스페인, 포르투갈 및 중남미 국가에서 제작되는 일일 연속극.

도 내 방이 있는 쪽은 파산한 사람들이 묵고 있었고, 나는 그들 틈에서 편안함을 느꼈다.

늦은 시간이었지만 나는 아무것도 먹지 못한 상태였다. 배가 고플 수 있다는 사실이 놀라웠다. 위가 출렁거리고 꼬르륵거렸다. 나는 저녁을 먹으려고 길 건너 식당으로 갔다. 안내판에서 시키는 대로 자리에 앉았다. 치즈 샌드위치와 프렌치프라이와 초콜릿 셰이크를 주문했다. 그 무엇으로도 허기를 면할 수 없을까 봐 두려웠다.

다시 길을 건널 땐 칠흑 같은 어둠 속에 있었다. 나는 모텔 직원에게 칫솔을 달라고 했다. 직원은 내게 길 건너에 약국이 있다고 하더니 투숙객이 놓고 간 거라며 비닐 백에 담겨 있는 여행용 세면도구를 내밀었다. 조그만 칫솔과 조그만 치약 한 개. 나는 여전히 창밖을 내다보고 있는 남자를 지나쳤다. 차가운 물을 얼굴에 끼얹자 할아버지의 노랫소리가 들린 것도 같았지만 수도꼭지를 잠그는 순간 다시 고요해졌다.

나는 다시 밖으로 나가 옆방 문을 두드렸다.

남자가 문을 열었다.

그의 뺨은 움푹했고 눈은 충혈되어 있었다. 길에서 만나면 피하기 위해 길을 건넜을 그런 사람이었다.

"부탁 하나 드리려고요." 내가 말했다. "혹시 제 방 앞에서 노인

우린 괜찮아

을 보시거든 방문을 노크하고 저에게 알려주시겠어요?"

"알았어요." 그가 말했다.

그 남자가 망을 봐주리라 믿고 잠이 들었다.

사흘 뒤 머리 위에서 노크 소리가 들렸다. 할아버지는 피범벅일까? 유령 같을까? 밖은 조용했다. 아무도 없었다. 옆방 남자의 공허한 눈이 방충망 밖을 내다보고 있었다. 그가 한참 동안 움직이지 않았다는 것을 알 수 있었다. 노크한 사람은 그가 아니었다. 어쩌면 쥐가 벽에 구멍을 파고 있었던 건지도. 어쩌면 나의 마음이 술수를 쓰는 건지도. 위층에 누군가 있는지도. 어쩌면 할아버지일지도, 할아버지가 내 주위를 맴도는 걸지도.

할아버지는 내가 수도꼭지를 틀 때마다 노래를 불렀다. 그래서 나는 물을 사용하지 않았다.

기숙사에 들어가기까지 엿새가 남았다. 나는 약국에서 4리터짜리 물을 사서 마시고 이를 닦았다. 손세정제도 한 통 샀다. 흰 티셔츠 한 팩과 흰 속옷 한 팩을 샀다. 떡이 진 머리에 뿌릴 베이비파우더도 샀다.

나는 완두콩 수프를 주문했다.

스크램블드에그.

커피.

현금카드를 사용했다.

18퍼센트를 팁으로 주었다.

고맙다고 말했다.

그들이 말했다. "오늘밤에 봐요."

"내일 아침에 봐요."

"체리 파이가 오늘의 특별 메뉴에요."

나는 고맙다고 말했다.

또 보자고 말했다.

나는 도로 양쪽을 살폈다.

길을 건넜다.

텔레비전을 켰다. *주디 판사.* 녹음된 웃음소리. 얼웨이즈. 도
브. 스위프터 광고.

나는 얼룩을 무시하고 담요를 뒤집어 썼다. 벽 속의 쥐처럼 굴
을 팠다. 끊임없이 편한 자세를 찾으려 애썼다. 억지로 내 몸을
아주 고요하게 했다. 억지로 눈을 감았다.

"넌 괜찮아." 내가 나에게 말했다.

"쉿." 내가 말했다.

우린 괜찮아

제23장

"나하고 같이 가자." 메이블이 말한다.

우리의 얘기는 끝났다. 우리는 서로 마주보며 바닥에 앉아있고 각자 침대에 기대어 있다. 모든 걸 다 털어놓았으니 후련해야 하는데 그렇지가 않다. 아직은. 어쩌면 아침에는 새로운 기분이 들 수도.

"약속하는데, 마지막으로 묻는 거야. 나랑 가서 며칠만 있자."

할아버지의 거짓말들만 아니었다면.

버디가 글씨체가 예쁜 어떤 할머니였다면.

옷장에는 할아버지의 코트가 걸려 있고 할아버지가 자신의 폐가 시커멓다는 것을 알고 있고 아무 의심 없이 자신의 위스키를 마셨더라면.

할아버지가 빳빳한 병원 담요를 가슴까지 덮고 내 손을 잡은 채로 임종을 맞이하는 꿈을 멈출 수만 있다면. 그 꿈에서 할아버지는 *저승에서 보자, 선원* 혹은 *사랑한다, 아가* 같은 말들을 한다. 간호사가 내 어깨에 손을 얹는다. 나는 이미 멈춰버린 할아버지의 평화로운 얼굴을 보면서 이제 끝났다고 말한다. 간호사가 *원하는 만큼 있어도 좋아*라고 말하고 그렇게 우리는 어둠이 내리고 내가 혼자 병실을 나설 기운을 차릴 때까지 그곳에 머문다.

"내가 어떻게 널 혼자 두고 가겠어?" 메이블이 묻는다.

"미안해. 너하고 같이 갈게. 언젠가는. 하지만 내일은 아니야."

메이블이 양탄자의 해진 가장자리를 집어 뜯는다.

"메이블."

메이블은 날 보려하지 않는다.

모든 것이 고요하다. 어디든 가자고, 산책이라도 하자고 해볼까 생각하지만 우리 둘 다 추위라면 지긋지긋했다. 유리창 밖의 달은 완벽하게 자리를 잡았다. 검은 바탕에 흰색 초승달이 보인다. 형상이 선명한 걸 보니 눈이 그친 모양이다.

"너한테 전화와 문자만 한 게 잘못이었어. 곧장 너한테 날아왔어야 했어."

"괜찮아."

"할아버진 오랫동안 아팠던 것 같았어. 아주 쇠약한 상태였던

우린 괜찮아

것 같아."

"알아."

메이블의 눈에 눈물이 글썽이고, 창밖을 본다.

내가 보는 걸 보고 있을까. 메이블도 똑같은 정적을 느낄까.

메이블. 나는 말하고 싶다. 우리에겐 시간이 많지 않아.

메이블.

여기 내가 있고, 네가 있고, 눈이 멎었어. 우리 그냥 이렇게 앉아 있자.

얼마 후, 우리는 욕실 세면대 앞에 나란히 서 있다. 우리는 피곤해 보이고 그 외에도 다른 무언가가 있다. 그것이 무엇인지 깨닫기까지 잠시 시간이 걸린다. 그리고 그 순간 나는 안다.

우린 젊어 보인다.

메이블이 칫솔에 치약을 짠다. 치약을 내게 건넨다.

메이블은 *자, 여기*라고 말하지 않는다. 나는 *고마워*라고 말하지 않는다.

나는 배운 대로 둥글게 돌려가며 이를 닦는다. 메이블은 앞뒤로 세게 닦는다. 나는 거울에 비친 내 모습을 바라보면서 치아 하나하나를 충분히 닦는 데 집중한다.

메이블의 집 화장실에서 이렇게 나란히 서 있을 때면 우린 절대 조용한 법이 없었다. 언제나 할 얘기가 수백만 가지였고, 모든 주제가 너무도 다급해서 대화가 시작되고 끝난다기보다는 시작되고 잘렸다가 이어지고, 생각의 가닥들이 한쪽으로 밀려났다가 나중에 떠오르곤 했다.

과거의 우리가 현재의 우리를 흘긋 본다면 어떻게 생각할까?

우리의 몸은 그대로인데 메이블의 어깨에는 어딘가 무거움이 느껴지고, 세면대에 기댄 나의 허리에서는 피로감이 느껴진다. 메이블의 눈 주위가 부어있고 내 눈 밑은 검다. 그러나 그 무엇보다도, 우리 사이에는 거리가 있다.

결국엔 이렇게 되리란 걸 알았기에, 나는 메이블이 보낸 900개의 문자에 답을 하지 않았다. 그 일은 우리 두 사람 사이의 문제가 아니었는데도 우리를 망가뜨렸다. 나에 대한 메이블의 애정과 이해에도 불구하고. 이곳에서의 일정이 끝나면 메이블은 다시 제이콥과 친구들이 있는 LA로 돌아가 강의실에 앉아있거나 산타 모니카에서 대관람차를 타거나 교재를 펼쳐놓고 저녁을 먹을 것이고, 지금까지와 똑같은 모습으로 살아갈 것이다. 겁 없고 재미있고 온전한 메이블로. 메이블은 여전히 메이블일 것이고 나는 내가 누구인지 알아가야 할 것이다.

메이블이 세면대에 양칫물을 뱉는다. 나도 세면대에 양칫물을 뱉는다. 우리는 칫솔을 헹구고 탁 탁, 칫솔을 두드린다.

　　　　　　　　　　　　　　　　우린 괜찮아

우리는 두 개의 수도꼭지를 틀어놓고 세수를 한다. 메이블이 무슨 생각을 하는지 모르겠다. 짐작조차 할 수 없다.

우리는 다시 복도를 되돌아와 불을 끄고 서로의 맞은편 침대로 올라간다.

어둠 속에서 뜬눈으로 있다.

"잘 자." 내가 말한다.

실내가 조용하다.

"네가 오해하지 않았으면 좋겠어." 메이블이 말한다. "제이콥 때문에……." 메이블이 날 쳐다보며 내가 이해했다는 징후를 찾는다. 그러다 포기한다. "제이콥을 만나서 널 잊은 게 아니야. 난 앞으로 나아가려고 노력했던 거야. 네가 나에게 다른 선택지를 주지 않았으니까. 제이콥과 데이트하러 나가기 전날 너에게 문자를 한 번 더 보냈어. *네브래스카 기억해?* 그렇게. 네가 답을 주기를 밤늦도록 기다렸어. 전화를 베개 밑에 넣어두고 잠들었다고. 네가 나한테 한마디만 해주었어도 나가지 않았을 거야. 난 더 기다릴 수 있었지만, 네가 날 완전히 차단했어." 메이블이 말한다. "죄책감을 느끼게 할 생각은 없어. 지금은 이해하니까. 정말이야. 하지만 일이 어쩌다 그렇게 되었는지 알았으면 좋겠어. 제이콥이 있어서 행복하지만 그때 네가 답을 해주었더라면 사귀지 않았을 거야."

그 말을 하는 메이블의 고통, 그것은 메이블의 잘못이 아니다.

내 가슴 깊은 곳에는 여전히 허탈감, 공허감, 두려움이 있다. 마음을 열고 메이블에게 다급하게 키스하는 나를 상상할 수 없고, 메이블의 손이 내 옷 속으로 파고드는 것을 상상할 수 없다.

"미안해." 내가 말한다. "사라진 게 나였다는 거 알아."

여전히 창밖으로 달이 보인다. 여전히 밤의 정적을 느낄 수 있다. 메이블이 이제 할아버지는 돌아가셨다고, 이젠 없다고 확신에 차서 말하는 소리가 들리고 나도 그런 확신을 가져보려 애쓴다.

나는 메이블의 상심을 생각하지 않으려 애쓰고, 내가 그런 상심을 안겼다는 사실을 생각하지 않으려 애쓰지만 도저히 떨쳐낼 수가 없다. 그 생각이 물 밀 듯 밀려든다.

"미안해." 내가 다시 한번 말한다.

"알아." 메이블이 말한다. "이해해."

"와줘서 고마워." 내가 말한다.

시간이 길게 늘어지고 나는 자다 깨기를 반복한다. 어느 순간 메이블이 침대에서 일어나 밖으로 나간다. 메이블은 밖에 한참을 있고 나는 돌아올 때까지 깨어있으려 애쓴다. 기다리고, 기다리고, 기다린다.

아침 햇살에 눈을 떠보니 메이블은 한나의 침대에 누워 있다. 마치 그렇게 하면 오늘을 물리칠 수 있다는 듯 양팔로 눈을 가린 채로.

우린 괜찮아

제24장

다시 눈을 떠보니 아무도 없다. 메이블을 완전히 놓쳐 버렸다
는 두려움에, 메이블은 이미 떠났고 나는 작별 인사조차 하지 못
했다는 두려움에 사로잡힌다.

그러나 방 한복판에 메이블의 더플백이 열린 채 놓여있다.

메이블이 그 가방을 어깨에 메고 여기서 나간다는 생각만으로
도 헉 하고 몸이 꺾인다. 지금부터 그 시간까지 매 순간을 꽉 채워
야 한다.

나는 침대에서 내려와 내가 산 선물들을 꺼낸다. 포장지가 있
었으면, 리본이라도 있었으면 좋겠다는 생각이 들지만 얇은 포장
지로 대신한다. 나는 브래지어를 하고 청바지에 티셔츠를 입는

다. 머리를 빗는다. 왜인지는 모르겠지만 잠옷 바람으로 배웅하고 싶진 않다.

"마린." 메이블이 문 앞에서 말한다.

"좋은 아침이야." 나는 울지 않으려 애쓰며 말한다. "얼른 다녀올게."

서둘러 소변을 보고 이를 닦은 다음 다시 방으로, 메이블 곁으로 돌아온다. 메이블이 슈트케이스 지퍼를 올리기 직전이다.

"이거 네 옷으로 감싸는 게 좋을 것 같아." 메이블의 부모님을 위해 산 꽃병을 내밀며 말한다. 메이블이 가방 속 물건들 틈에 꽃병을 넣는다. 지퍼를 잠그려는 순간 내가 막는다.

"눈 감고 손 내밀어 봐." 내가 말한다.

"나중에 주는 게 좋지 않을까?" 메이블이 묻는다.

"크리스마스이브엔 다들 선물 주고받잖아."

"하지만 내가 너한테 줄 선물은—."

"알아. 상관없어. 네가 이 선물을 푸는 걸 보고 싶어."

메이블이 고개를 끄덕인다.

"눈을 감아." 내가 다시 한번 말한다.

메이블이 눈을 감는다. 나는 메이블을 바라본다. 메이블에게 좋은 일만 있기를 바란다. 친절한 택시 기사와 짧은 보안검색 줄. 기류가 심하지 않은 비행과 빈 옆 좌석. 아름다운 크리스마스. 한 사람이 감당하기엔 벅찰 정도의 행복이 있기를 바란다. 행복이 넘쳐흐르기를 바란다.

펼친 손바닥 위에 종을 내려놓는다.

메이블이 눈을 뜨고 포장을 풀어본다.

"봤구나."

"울려봐."

메이블이 종을 울리고 소리의 여운이 남는다. 우리는 소리가 잦아들 때까지 조용히 기다린다.

"고마워." 메이블이 말한다. "너무 예쁘다."

메이블이 가방을 어깨에 멘다. 그 순간은 내가 예상했던 것만큼이나 아프다. 나는 따라서 엘리베이터를 탄다. 문 쪽으로 가보니 순백의 바다에 택시 한 대가 기다리고 있다.

"정말 괜찮겠어?"

내가 고개를 끄덕인다.

메이블이 심호흡을 하고 애써 미소를 지어 보인다.

"좋아, 그럼. 곧 만나."

메이블이 내 쪽으로 다가와 날 꽉 끌어안는다. 나는 눈을 감는다. 이제 곧, 금방, 메이블은 내게서 멀어지고 이 순간은 끝날 것이다. 나의 마음속에서 우리는 계속 끝나고 끝난다. 나는 이 순간에 머물기 위해 애쓴다. 머물 수 있는 한 최대한 오래.

스웨터가 까끌까끌한 것도 개의치 않는다. 택시 기사가 기다리고 있는 것도 개의치 않는다. 나는 메이블의 가슴팍이 팽창했다가 축소되는 것을 느낀다. 우리는 그 순간에 머물고 또 머문다.

나를 놓아줄 때까지.

"곧 만나." 나의 말에서 묵직한 절망이 배어난다.

나는 잘못된 선택을 하고 있다.

유리문이 열린다. 찬바람이 들어온다.

메이블이 밖으로 나서며 뒤로 문을 닫는다.

존스 할아버지와 아그네스 할머니와 함께 살 때, 사만다 이모가 내 아침을 챙겨주었다. 호밀빵과 애플 소스였다. 매일 아침이. 우리는 주방 간이 의자에 앉아 둘이 똑같은 음식을 먹었다. 내가 잘 모르는 게 있을 때면 이모가 내 숙제를 봐주었지만, 나는 왠지 도움을 청하고 싶지 않았다. 이모는 매번 이맛살을 찌푸리며 자기가 그런 걸 배운지가 얼마나 오래 됐는지 얘기하곤 했다. 결국엔 어떻게든 답을 알아내서 설명해 주었지만 나는 사만다 이모가 보는 잡지에 대해 묻는 편이 훨씬 더 재밌었다. 사만다 이모는 그런 얘기를 좋아했다. 패리스 힐튼과 니콜 리치 덕분에 DUI[25]가 무언지도 알았다. 어딜 가나 톰 크루즈와 케이티 홈즈의 결혼 애기뿐이었다. 덕분에 새로운 사건이 터질 때마다 그 사건이 어떻

---

25) Driving under the influence의 약자. 음주운전이라는 뜻.

우린 괜찮아

게 전개되는지 알았다.

존스 할아버지와 아그네스 할머니는 방과 후에야 볼 수 있었다. 그들은 늦잠을 잤고 아침에 날 보살피는 일은 딸에게 맡겼다. 사만다 이모는 항상 나에게 친절했다. 내 손톱을 공짜로 칠해주기도 했다.

나는 더 이상 사만다 이모의 전화번호를 갖고 있지 않다. 사만다 이모가 부모님과 함께 산 건 한참 전 일이다. 사만다 이모의 번호가 있으면 좋으련만. 미용실 문을 열기 전 일찌감치 나와서 일을 하고 있진 않을까 하는 생각에 미용실로 전화를 걸어보지만, 신호음이 울리고 또 울리다가 음성사서함으로 넘어간다. 나는 천천히 영업시간과 위치를 말하는 목소리를 듣는다.

나는 잠시 방안을 서성이면서 샌프란시스코 시간으로 10시가 되기를 기다린다. 이곳 시간으로 1시가 되어 전화를 건다.

"너구나." 내가 여보세요라고 말하자 존스 할아버지가 말한다.

"네." 내가 말한다. "저예요."

"어디 있니?"

"학교요."

수화기 너머가 조용하다.

"그렇구나." 존스 할아버지가 말한다. "말썽꾸러기 친구들하고 방학을 보내고 있는 게냐?"

아마도 존스 할아버지는 내가 어울릴 법한 아이들의 면면을 생각해보고 있을 것이다. 몇 명이 같이 있을 거라고, 고아들이나 떠돌이들로 구성된 허접한 패거리가 있을 거라고 짐작하면서.

"비슷해요." 내가 말한다.

할 말을 미리 준비했어야 했다. 사실 내가 전화를 한 건 존스 할아버지에게, 그리고 어쩌면 나 자신에게, 내가 여전히 이 세상의 일부임을 일깨우기 위해서였다. 지금이 아니면 영원히 전화를 못 할 것 같았고 나는 할아버지와 함께 했던 삶의 흔적을 잃어버려도 괜찮을지 아직 확신하지 못했다. 전에는 확신이 있었지만, 지금은 확신이 없다.

아그네스 할머니의 안부를 물으려던 찰나, 내가 입을 떼기도 전에 존스 할아버지가 말한다.

"내가 다 갖고 있단다. 알고는 있으렴. 네가 원하건 원하지 않건, 우리 집 창고에서 널 기다리고 있어. 침대나 냉장고 같은 것들은 말고. 진짜 중요한 것들 말이야. 집이 30일 동안 비어 있으니 집주인이 물건들을 팔려고 내놓더구나. 그래서 친구들과 내가…… 우리가 그걸 전부 다 샀어."

나는 눈을 감는다. 청동 촛대들과 파란색과 황금색이 섞인 담요, 조그만 빨간 꽃이 그려진 할머니의 도자기 그릇들.

"다들 마음 아파한단다. 우리가 뭐라도 했어야 했는데. 널 위해서."

"편지들은요?"

정적.

존스 할아버지가 헛기침을 한다.

"여기 있어. 집주인이, 그러니까 뭐냐······ 그 *사적인* 물건들은 우리에게 주었어."

"처분해 주실 수 있어요?"

"그렇게 하마."

"사진은 남겨 주세요. 네?"

"그래."

나는 할아버지가 혼자 간직했던 모든 사진들을 생각한다. 그 부당함을 생각하며 이를 악문다. 나를 옆에 앉혀놓고 보여주었어야 한다. *이제 이걸 보여줄 때가 됐다는 생각이 드는구나* 혹은 *아, 그래, 이 날 기억이 난다*라고 얘기해 주었어야 한다. 나의 어떤 점이 엄마를 떠올리게 하는지 전부 다 얘기했어야 한다. 내가 엄마를 기억하도록 도왔어야 한다. 내가 잊어버리지 않게 했어야 한다.

존스 할아버지는 여전히 조용하다. 헛기침하는 소리만 들린다.

"네 할아버지는, 아주 오래전 병원에 입원했었어. 그때 너는 우리 집에 와 있었지. 기억할지 모르겠구나. 하마터면 죽을 뻔했지. 그래서 다시 병원으로 보내고 싶지 않았단다. 그게 옳은 결정이었다고 말할 수 있으면 좋으련만. 이렇게 상태가 악화된 줄은 몰랐다고 말할 수 있으면 좋으련만. 정말 그렇게 말할 수 있으면 좋겠다."

나는 숨을 들이쉬고 내쉰다. 노력이 필요하다. "할아버지가 아프다고 생각했어요."

"아팠지. 다만 네가 생각하는 것보다 더 여러 면에서."

헛기침 소리가 들려 잠시 기다린다.

"때론 참 힘든 일이야. 어떻게 하는 게 옳은지 안다는 건."

날 볼 수 없는데도 나는 고개를 끄덕인다. 그런 말에는 이의를 제기할 수 없다. 내 머릿속에서는 전혀 달랐을 미래가 펼쳐지고 있는데도. 할아버지가 받은 처방이 어떤 병을 위한 건지 정확히 알았을 때의 미래, 할아버지가 그 약을 복용하도록 내가 챙겼을 때의 미래, 할아버지가 병원에 갈 때 날 데려가고 내가 어떤 점을 주의 깊게 봐야하는지 의사가 내게 알려주었을 때의 미래.

뭔가 공손한 말을 찾아야 한다. 할아버지가 어떻게 날 실망시켰는지, 존스 할아버지가 어떻게 우릴 실망시켰는지 대신. 존스 할아버지는 이미 알고 있다. 목소리에서 느낄 수 있다.

"메리 크리스마스이브." 대화를 끝내고 싶어서 마침내 내가 말한다.

"갑자기 무슨 기독교 신자라도 된 거냐? 네 할아버지에게 무덤이 있다면 그 소리 듣고 벌떡 일어나겠다."

우린 괜찮아

짓궂은 농담, 우리 집 주방에서 그들이 하곤 했던 농담이다.

"그냥 해본 소리예요." 내가 말한다. 창밖엔 다시 눈이 내린다. 눈보라가 아니고, 그저 눈발이 흩날리는 그런 눈이다. "아그네스 할머니와 사만다 이모에게 안부 전해주세요. 친구분들에게도 안부 전해주세요."

전화를 끊고 나서 나는 한나가 남긴 봉투를 열어본다. 무언가가 하늘거리다가 수직으로 길게 펼쳐진다. 눈송이를 이어붙인 종이 사슬이다. 눈송이 하나하나가 희고 빳빳하다. 편지는 없다. 눈에 보이는 게 전부다.

제25장

9월

　신입생 환영회 날 나는 옷, 크래커, 버디의 사진이 들어 있는 더플백을 어깨에 메고, 일행 하나 없이 신입생 환영회에 나타났다. 방문 앞에 선 순간 한나가 흠칫 놀라는 것을 보았다. 그러나 곧바로 자신의 표정을 의식하고 미소를 지었다.

　한나가 손을 내밀었지만, 한나의 충격이 내 어깨를 잡고 흔들었다. 나는 여기, 학교에 있었고 내 또래 여자애들에게 둘러싸여 있었다. 아무도 텔레비전을 보며 소리 지르지 않았다. 아무도 창가에 몇 시간 씩 서 있지 않았다. 아무도 유령이 무서워 수돗물을 못 틀지 않았다.

　나는 속으로 중얼거렸다. *정신 차려.*

나는 평범한 소녀였다. 경각심을 불러일으키는 그런 유형이 아니었다. 나는 매일 샤워를 하고 깨끗한 옷을 입고 전화벨이 울리면 전화를 받았다. 위험한 사람을 보면 길을 건넜다. 아침이 오면 아침 식사를 했다.

방문 앞에 서 있는 이 사람은 내가 아니었다.

나는 한나의 손을 잡고 악수를 했다. 애써 미소를 지었다.

"내 몰골 완전 엉망이지!" 내가 말했다. "지난 몇 주 동안 일이 많았어. 소지품 정리하고 샤워부터 해야겠다."

한나의 얼굴에 안도감이 스쳤던가? 부디 그랬기를. 나는 더플백 지퍼를 열려다가 그 안에 들어 있는 더러운 옷들과 그 옷에서 풍길 냄새를 떠올리고 이내 생각을 바꿨다.

"빨래도 해야 해." 내가 말했다.

"2층이야." 한나가 말했다. "그리고 모퉁이를 돌면 샤워장이 있어. 오늘 아침에 가족들하고 둘러봤거든."

나는 다시 미소를 지었다.

"고마워."

대부분의 샤워 부스는 라커 룸처럼 일렬로 배열되어 있었으나 그중 한 칸은 잠글 수 있는 문이 달린 제대로 된 욕실이었다. 내가 있던 곳보다 훨씬 더 깨끗했다.

나는 속옷을 벗고 브래지어의 끈을 풀었다. 거울 속 소녀는 부랑자 같았다. 퉁퉁 부은 얼굴에 거친 눈, 떡이 진 머리카락. 한나가 충격을 받은 것도 당연했다. 나 역시 충격을 받았으니까.

그러나 나에겐 비누도 샴푸도 없었다. 그것만으로도 울고 싶었다. 물로 씻는 건 한계가 있었다.

나는 라벤더 또는 복숭아 향으로, 수증기로 가득 찬 공간을 원했다.

세면대 옆 벽에 액체 비누가 있었다. 나는 한 손에 담을 수 있는 한 최대한 많이 짠 다음 다른 손으로 욕실 문을 열었다. 그런데 마법처럼 욕실 선반 위에 호텔 샴푸, 컨디셔너, 비누가 놓여있었다. 나는 수도꼭지를 틀어 노란 액체 비누를 배수구에 흘려버렸다. 물이 따뜻해지자 조그만 호텔 세면 용품들이 보였다. 유칼립투스. 나는 물 밑으로 들어서며 네모난 민트색 타일 공간에 나를 가두었다. 그 협소함마저 아늑하게 느껴졌다. 들리는 소리라고는 물이 떨어지는 소리와 그 소리의 울림뿐이었다.

유칼립투스 향기가 공간을 채웠다. 나는 용기가 텅 빌 때까지 샴푸를 하고 행구었다. 비누로 얼굴과 몸을 닦았다. 컨디셔너를 묻힌 채로 한참을 두었다. 캘리포니아에서는 항상 가뭄을 걱정했고, 항상 물을 비축했다. 그러나 나는 그곳에서 멀리 떠나 있었다.

"멀리 떠났어."

나는 중얼거리며 그 상태에 조금 더 머물렀다. 뜨거운 물줄기는 영원히 계속되었다. 먼지와 때는 씻어낼 수 있어도 나의 거친 눈빛, 최악의 것만은 씻어낼 수 없다는 걸 알았다.

그저 숨을 쉬라고 나 자신에게 말했다.

나는 숨을 들이쉬었다.

나는 숨을 내쉬었다.

그렇게 하고 또 했다. 내가 샤워장에, 기숙사에, 뉴욕에 있다는 걸 의식하지 못할 때까지. 아무것도 의식하지 못할 때까지.

더러운 옷을 다시 입는 건 신성모독과 같았다. 나는 그나마 덜 낡은 옷을 골라 입고 나머지는 자판기에서 산 세제와 함께 세탁기에 넣었다. 그러고 나니 입을 옷이 너무도 절실해서 구내매점으로 향했다. 학부모들과 자녀들이 복도마다 북적였다. 그들은 장식품들을 감상하고 교재비에 대해 불평했다. 갓 입학한 신입생들은 징징거리며 초조해했다. 그런 것들이 세상에서 가장 중요한 것 마냥. 그들 틈에서 조용히 움직여 의류 코너로 향하는 나는 투명 인간이었다. 유일하게 나만 혼자였다.

잠시 후 나는 눈앞에 펼쳐진 광경에 감탄할 수밖에 없었다.

나는 이런 수준의 애교심이 존재할 수 있다는 사실을 미처 몰랐다.

티셔츠와 폴로셔츠와 운동복 셔츠와 운동복 바지와 반바지. 팬

티와 속바지와 브래지어. 파자마와 탱크 탑과 양말과 플립 플랍. 심지어 드레스까지! 그 모든 것에 학교의 상징색과 마스코트가 찍혀있었다. 모든 게 너무도 깨끗했다.

옷을 한 아름 사느라 300달러도 넘게 들었다. 현금카드를 긁으며 돈이 줄어들고 있다는 생각을 애써 억눌렀다. 금방 바닥나진 않겠지만, 오래 버티지도 못할 것이다. 계좌에 돈을 입금할 수 있는 방법을 찾지 못한다면 1년 내로 파산할 게 분명했다.

나는 매점에서 나가는 길에 피팅룸을 사용하겠다고 말했다. 그곳에서 깨끗한 브래지어와 속옷으로 갈아입었다. 팬티의 엉덩이 부분에 마스코트가 그려져 있었다. 그걸 보는 사람은 나뿐이겠지만 재밌었다. 브래지어는 내가 가졌던 그 어떤 것보다 활동성 있었고 귀여웠다. 날씨가 너무 더워서 나는 테리원단 반바지를 입었다. 털이 황금빛인 덕분에 한동안 면도를 하지 않았는데도 다행히 다리를 내놓을 수 있었다. 마지막으로 티셔츠를 입었다. 개었던 자국 그대로 주름이 잡혀 있었다.

나는 전신 거울 속 내 모습을 보았다.

머리카락은 깨끗하고 곧았으며, 여전히 축축했다. 옷은 잘 맞았다. 나에게서 스파 냄새가 났다. 나는 평범한 다른 여자애들처럼 보였다.

우린 괜찮아

돌아가는 길에 세탁실에 들렀다. 벗은 옷은 건조기에 넣는 대신 쓰레기통에 넣었다.

다시 돌아와 보니 한나가 방에 있었고, 이번에는 한나의 부모님도 함께 있었다. 한나의 부모님이 침대 시트를 깔고 있었다. 한나의 새아빠는 브로드웨이 뮤지컬 렌트의 액자 포스터를 벽에 걸고 있었다.

"안녕." 문 앞에 서서 내가 말했다.

무언가를 다시 할 수 있는 기회가, 다시 제대로 할 수 있는 기회가 몇 번이나 주어질까? 첫인상을 만들 기회는 오직 한 번뿐이다. 상대방이 드물게 특별한 아량을 소유했거나, 워낙 긍정적인 타입이라 *막상 친해지면 괜찮은 애일 거야*라고 이해해주는 애가 아니라면. *이건 용납 못 하지*라거나, *이번엔 다르겠지 어디 한번 해봐*라고 생각하는 애라면.

"네가 마린이구나!" 한나의 엄마가 말했다. "안 그래도 널 정말 만나고 싶었어!"

"궁금한 게 있는데." 한나의 새아빠가 말했다. "마린이란 이름이 선원을 뜻하는 마린이니, 아니면 카운티 이름 마린이니?"

"카운티요." 내가 말했다. "만나 뵙게 돼서 반가워요."

그들과 악수를 나눴다.

한나가 말했다. "반가워, 마린." 우린 그날 아침 만난 적 없다는 듯 서로에게 미소를 지었다. "내가 이쪽 써도 괜찮을까."

"괜찮지."

"가족들은 벌써 떠났니?" 한나의 엄마가 말했다.

"실은 같이 못 왔어요. 제가 좀 일찍 독립했거든요."

한나의 새아빠가 말했다. "필요한 거 있으면 말하렴! 얼마든지 도울 테니."

"시트는 있니?" 한나의 엄마가 베드 스프레드를 접으며 말했다.

나는 고개를 저었다. 맨살을 드러낸 매트리스가 나를 노려보았다. 그것 말고도 내가 미처 준비하지 못한 것들은 얼마나 많을까.

"우리 엄만 너무 과하게 준비했어." 한나가 말했다.

"그러길 잘했지 뭐니!" 한나의 엄마가 말했다.

얼마 후 한나의 공간은 이미 몇 달을 산 것처럼 바뀌었고 내 공간은 빨간 줄무늬 시트, 보드라운 베개, 크림색 담요 외에는 아무것도 없었다.

나는 떠나려는 한나의 부모님에게 "고맙습니다."라고 말했다. 생명의 은인과도 같은 그들에게 내가 느끼는 고마움을 표현하는 대신 그저 덤덤하게.

그 뒤로도 한나는 계속해서 나를 구원했다. 질문을 하는 대신 벌들과 식물들과 진화에 관한 글을 읽어주는 것으로 나를 구원했다. 옷을 빌려주고 다시 돌려받지 않는 것으로 나를 구원했다. 식

우린 괜찮아

당에서 한나의 옆자리에 앉게 해주는 것으로, 내가 대답할 수 없는 질문들을 할 때면 재빨리 상황을 모면하게 하는 것으로, 큰 소리로 책을 읽어주고 억지로 나를 캠퍼스 밖에 데리고 나가 상점에 가는 것으로, 그리고 방한화 한 켤레로 나를 구원했다.

제26장

나는 한나의 책상 위에 놓인 유리병에서 압정 두 개를 꺼내들고 텅 빈 나의 게시판 쪽으로 간다. 나는 눈송이 사슬을 게시판에 핀으로 고정한 뒤 사진을 찍어 한나에게 보낸다. 한나가 곧바로 두 개의 하이파이브 사이에 하트 하나를 넣어 답장을 보낸다.

기분이 너무도 좋다. 더 하고 싶다. 나는 새로 산 화분을 가방에서 꺼내 책상 위에 올려놓는다. 나의 페퍼로미아가, 큼직한 야광 잎사귀 하나하나가 무럭무럭 자라고 있다. 나는 조심스럽게 플라스틱 화분에서 뿌리를 뽑아낸다. 남은 흙을 클로디아의 화분에 넣고 뿌리가 가운데 오도록 위치를 잡은 다음 주위의 흙을 다진다. 그리고 메이블이 사용한 컵에 남아 있던 물을 붓는다. 여건

우린 괜찮아

이 되어 흙을 좀 더 구하면 좋겠지만 일단은 이걸로 충분하다.

나는 멀찌감치 떨어져 내 책상을 본다. 두 개의 노란 그릇, 초록색 잎이 무성한 식물이 자라고 있는 분홍색 화분 하나, 눈꽃 사슬 한 줄.

예쁘지만 뭔가 더 필요하다.

나는 벽장 쪽으로 의자를 끌어당겨 그 위에 올라가 벽장 맨 꼭대기 칸으로 손을 뻗는다. 그리고 그곳에 있는 유일한 물건을 찾는다. 햇살 속에 서 있는 스물두 살 엄마의 사진. 나는 한나의 압정 네 개를 빌려 적당한 위치를 찾는다. 눈송이 바로 오른쪽. 사진 네 귀퉁이에 바짝 붙여 압정을 꽂는다. 사진에는 구멍이 나지 않도록. 큼직한 사진이다, 8*10인치 정도. 그 사진이 방 한 귀퉁이를 완전히 바꾼다.

그 사진을 꺼내는 게 두렵지 않은 건 아니다. 오션 비치의 나의 엄마. 팔 밑에 끼고 있는 빛바랜 복숭아 색 서핑 보드. 검은 서핑 슈트와 젖은 머리카락. 가늘게 뜬 눈과 시원한 미소.

그 사진이 날 두렵게 하는 건 사실이지만, 한 편으로는 이게 옳은 일이라는 생각이 든다.

엄마를 바라본다.

나는 기억하려 애쓰고, 애쓰고, 애쓴다.

몇 시간 뒤, 나는 한참 동안이나 샤워를 한다. 물을 몸 위로 흘려보낸다.

언제가 될지는 몰라도 내가 돌아가게 되면, 할아버지의 유품 중에 뿌려야 할 것들 혹은 묻을 것들을 가려내야 할 것이다. 존스 할아버지의 농담을 웃어넘길 수만은 없었다. 내가 부정하려 할 때면 늘 그렇듯 진실이 귓가에 울려 퍼진다. *만약 네 할아버지에게 무덤이 있다면, 만약 네 할아버지에게 무덤이 있다면.* 메이블의 말이 옳다는 걸 인정할 정도로 긴 시간이 흘렀다. 그러나 때로는 다른 버전의 이야기가 튀어 오르곤 한다. 도박으로 딴 수천 달러를 주머니 가득 넣고 로키 마운틴으로 향하는 할아버지의 이야기.

할아버지를 가두려면 무덤이 필요하다. 할아버지의 유령이 정박할 만한 무언가를 묻어야만 한다. 조만간, 너무 멀지 않은 미래에. 창고에 가서 우리가 쓰던 물건들을 뒤져서 할아버지의 유골 대신 유품을 한 상자에 담아 쉴 곳을 만들어 줄 것이다.

나는 머리에 묻은 컨디셔너를 헹구어 낸다. 물을 잠그고 수증기를 들이마신다.

특별한 날이면 할아버지는 금목걸이를 목에 걸곤 했다. 날 위해 존스 할아버지가 그것도 사 두었을까.

나는 수건으로 물기를 닦고 몸을 감싼다. 다시 방으로 돌아와 휴대폰을 본다. 이제 겨우 2시다.

나는 이곳에서 혼자 보낸 첫날 밤 만들어둔 목록을 참고하여 수프를 만든다. 야채를 썰고 파스타를 끓이고 닭고기 육수 한 팩을 냄비에 붓는다.

재료들을 모조리 섞고 나니 이젠 조리가 될 때까지 기다릴 일만 남는다. 나는 고독에 관한 책의 두 번째 에세이를 읽기 시작한다. 하지만 내 마음은 지난여름의 다양한 버전들로 가득 차 있다. 내가 할아버지를 실망시킨 이야기. 내가 저녁에 집으로 돌아오지 않기 시작하면서 할아버지가 저녁 식사를 만들지 않게 되고, 할아버지의 곁에 있지 않아서 내가 할아버지에게 얼마나 필요했는지 알지 못했다. 그리고 할아버지가 나를 실망시킨 이야기. 그 이야기 속에서 할아버지는 날 필요로 하지 않고, 내가 할아버지의 앞길을 가로막고 있는 것만 같았다. 그래서 나는 할아버지를 위해서, 그리고 나를 위해서 거리를 두었다. 내가 거절을 감당할 필요가 없도록. 할아버지가 나에게 가장 소중한 사람인 것처럼 나역시 할아버지에게 가장 소중한 사람인 척 할 수 있도록. 자기 보호 본능 때문에라도, 우리는 가진 것을 지키기 위해 최선을 다하기 마련이니까.

나에겐 케이크와 쿠키가 있었고 학교까지 차를 태워주는 사람이 있었다. 노래들과 청동 촛대를 놓고 차린 저녁 식사가 있었다. 섬세한 감성과 짓궂은 유머감각이, 사립대학의 1년 치 등록금과 기숙사 숙식비를 딸 정도로 뛰어난 카드 실력을 가진 할아버지가 있었다. 나는 그 좋은 것들을 누리면서 우리는 특별하다고 되뇌었다. 우리도 메이블과 메이블의 부모님 같은 가족인 거라고, 우리에게 부족한 건 아무것도 없다고 되뇌었다.

우리는, 할아버지와 나는, 공모자들이었다. 그 속에서 적어도 우리는 함께였다.

졸업 앨범이 나왔을 때 나는 다른 아이들과 달리 곧바로 졸업생 페이지로 넘기지 않았다. 대신 맨 앞장부터 보았다. 신입생 페이지를 찬찬히 훑었다. 그들을 알지는 못했지만, 마치 내 친구들인 것처럼 시간을 끌며 보았다. 클럽 활동 페이지들, 2학년, 스포츠 팀도 유심히 보았다. 3학년과 댄스파티, 교사들과 테마 활동. 그러다가 졸업반 첫 페이지가 내 앞에 펼쳐졌다. 나는 인용구와 모든 애들의 아기 때 사진을 뚫어져라 보았다. 대머리에 리본을 단 얼굴들이 너무도 많았고, 조그만 드레스에 조그만 손들이 너무도 많았고, 내 페이지가 나올 때까지 넘겨야 할 페이지가 너무도 많았다.

그 페이지로 넘어가자마자 내가 보였다.

아기 사진이 있어야 할 자리를 백지로 남겨두는 대신 편집자는 두 공간을 채우도록 내 졸업 사진을 확대했다. 그 주위로 반 친구들의 아기 사진과 현재의 모습들이 있었다. 그리고 내가 있었다. 마치 처음부터 열여덟 살의 나이로 이 세상에 왔다는 듯, 검은 민소매 블라우스에 뻣뻣한 미소를 짓고 있는 나. 나 혼자만은 아닐 거라 생각하며 끝까지 넘겨보았지만 나뿐이었다. 여덟 살에 입양되었다는 조디 프라이스마저도 아기 사진이 있었다. 몇 년 전 화재로 집이 불탔던 펜 추까지도.

모텔에서의 수많은 낮과 밤 동안, 나는 할아버지의 유령을 두려워했다고 생각했지만 사실 내가 두려워한 건 그게 아니었다.

나는 나의 외로움이 두려웠다.

나는 나 자신을 얼마나 기막히게 속였던가.

나는 나 자신을 얼마나 기막히게 설득했던가. 난 슬프지 않다고, 난 혼자가 아니라고.

내가 사랑했던 할아버지가 두려웠고 할아버지가 낯선 사람이었다는 게 두려웠다.

내가 할아버지를 너무도 미워한다는 게 두려웠다.

할아버지가 돌아오기를 원한다는 게.

그 상자들 안에 있는 것들과 언젠가 내가 알게 될 것들, 그리고 그 상자들을 잊고 앞으로 나아감으로써 내가 잃을 수도 있는 기회가.

서로의 방문을 열어보지 않고 살았던 우리의 방식이 두려웠다.

서로를 결코 편안해하지 않았다는 사실이 두려웠다.

내가 스스로에게 했던 거짓말들이 두려웠다.

그리고 할아버지가 내게 했던 거짓말들이.

식탁 밑에서 우리의 다리가 부딪쳤던 게 아무 의미도 없을까 봐 두려웠다.

빨래를 개어놓았던 게 아무 의미도 없을까 봐 두려웠다.

차와 케이크와 노래들, 그 모든 *것들이* 아무 의미도 없을까 봐 두려웠다.

제27장

할아버지가 나를 단 한 순간도 사랑하지 않았을까 봐 두려웠다.

제28장

겨울 하늘은 밝은 잿빛이고 날카롭다. 창밖으로 새 한 마리가 날아다니는 게 보이고, 얇은 나뭇가지 하나가 똑 부러져 떨어진다.

함께 갔어야 했다.

제29장

나는 침대에 앉아 벽에 기대어 다시 내리는 눈을 바라본다. 나는 바다의 천둥을, 춥고도 건조한 날씨를, 멀리서 무거운 구름이 다가올 때의 느낌을 원한다. 가뭄이 주는 위안. 집에 틀어박혀 있는 것의 상쾌함. 벽난로의 장작, 그 열기와 빛.

존스 할아버지가 진짜 중요한 물건들을 갖고 있다고 했을 때 그게 무슨 뜻인지 묻지 않았다. 나의 조개껍데기들을 말하는 건지. 파란색과 황금색 담요를 말하는 건지. 양쪽으로 접히는 식탁과 거기 딸린 의자들을 말하는 건지. 나는 미래의 아파트를 상상해 보려 애쓴다. 벽을 장식한 나만의 부엌. 클로디아의 도자기들이 진열된 선반들.

테이블과 의자들, 담요가 보이는지는 잘 모르겠다. 거기서 그걸 보고 싶은지도 잘 모르겠다.

이렇게 계속 창밖을 내다보고 있으면 다시 산책로에 눈이 쌓이고, 이제 막 드러나기 시작한 나뭇가지에 눈이 덮이는 걸 보게 되겠지.

나는 자신의 농장 주택에서 매일 도자기를 굽는다는 어느 할머니에 관한 다큐멘터리를 인터넷에서 찾는다. 노트북을 책상 의자에 올려놓고 담요를 끌어올린 다음 그것을 본다. 열흘 뒤면 클로디아에게 전화를 걸 수 있다. 그때도 날 원하면 좋으련만. 진흙 속에 파묻힌 도예가의 손을 클로즈업한 장면들이 많다. 나도 하루 빨리 그 기분을 느껴보고 싶다.

나의 몸은 너무도 고요하다. 이 영화는 너무도 조용하다. 수영을 하고 싶지만 할 수가 없다. 학생들이 돌아와 수영장이 다시 개장하고 내가 물에 풍덩 빠지는 기분을, 그 희열을 느끼려면 아직 3주나 더 있어야 한다. 그러나 나는 *뭐*든 해야만 한다. 지금 당장. 나의 팔다리가 내게 애원한다.

그래서 나는 영화를 정지시키고 일어나 복도로 나간다. 슬리퍼를 벗고 발에 닿는 카펫을 느껴본다. 텅 빈 긴 복도를 바라보다가, 어느 순간, 달린다. 복도 끝까지 뛰다갔다가 다시 돌아서서 뛰어오고, 그래도 뭔가 부족해서 이번에는 입과 폐를 열고 달리며 고

우린 괜찮아

함을 지른다. 이 유서 깊은 건물을 나의 목소리로 채운다. 그러다가 계단으로 이어진 문을 연다. 이제 계단에서 내 목소리가 울려 퍼진다. 나는 전망을 보기 위해서가 아니라 움직이는 나를 느끼기 위해 꼭대기 층으로 달려간다. 나는 달리고 소리 지르고 달린다. 모든 층의 모든 복도를 다 뛰어갔다 올 때까지. 숨이 턱에 차고 땀이 나고 조금이나마 활력을 얻을 때까지.

나는 다시 방으로 돌아가 침대 위에 쓰러진다. 하늘이 어두워지고 있다. 나는 여기, 이 고요한 장소에 누워 있을 것이다. 그리고 밤이 칠흑 같은 어둠으로 변할 때까지 창밖을 내다볼 것이다. 하늘의 모든 빛깔을 눈에 담을 것이다.

그리고 나는 그렇게 한다. 마음이 평화롭다.

그러나 이제 겨우 5시 반이고, 클로디아에게 전화를 하려면 열흘이나 더 있어야 하고, 모두가 돌아오려면 스물 세 밤이 지나야 한다.

조금 전에 나는 괜찮았다. 나는 다시 괜찮아지는 법을 터득할 것이다.

나는 영화를 다시 켜고 끝까지 본다. 자막이 올라가다가 멈추더니 화면이 바뀐다. 내가 좋아할 만한 다큐멘터리 목록이 나온다. 어떤 것들이 있는지 잠시 살펴보지만 클릭할 정도로 구미가 당기는 건 없다. 나는 도로 눕는다. 어두운 천장을 바라보며 메이블과 나 사이로 닫히던 문을 떠올린다. 메이블이 택시 안에서 내게 손을 흔들었다. 부츠는 어느덧 말라 있었다. 우리는 그 부츠를 라디에이터 옆에 밤새 두었다. 부츠는 얼룩이 지고 우그러졌다. 집으로 돌아간 메이블이 부츠를 내버릴지 궁금했다.

지금쯤이면 집에 도착했겠지. 나는 일어나 휴대폰으로 손을 뻗는다. 메이블이 내게 문자를 하면 문자가 오는 순간 바로 보고 싶다. 나의 답장이 곧바로 갔으면 좋겠다. 나는 휴대폰을 옆에 놓고 눕는다.

그때 소리가 들린다. 차 소리. 나는 눈을 뜬다. 불빛이 천장을 가른다.

나를, 혹은 이 건물을 점검하러 토미가 온 모양이다. 나는 불을 켜고 손을 흔들어 주려고 창가로 다가간다.

그러나 트럭이 아니다. 택시다. 택시가 기숙사 바로 앞에 선다. 기숙사 입구의 동그라미 속에. 네 개의 문이 동시에 열린다.

나는 눈이 오는 것도 개의치 않고 창문을 활짝 연다. 그들이 왔기 때문이다.

메이블과 메이블의 부모님, 그리고 트렁크를 여는 택시 기사.

"여길 온 거예요?" 내가 소리친다.

그들이 올려다보며 내게 인사한다. 애나 아주머니가 계속 손 키스를 날린다. 나는 방에서 뛰쳐나가 계단을 뛰어 내려간다. 난

간에 멈추어 서서 창밖을 내다본다. 이건 지난 몇 초 동안 내가 상상해낸 게 분명하다. 메이블은 오늘 아침 공항으로 떠났다. 지금쯤 샌프란시스코에 있어야 한다. 그런데 그들이 여기 있다. 메이블과 애나 아주머니는 슈트케이스를 끌고 어깨에 가방을 메고 있고, 자비에르 아저씨는 트렁크에서 거대한 상자를 꺼내느라 운전기사와 씨름을 하고 있다. 나는 한 번에 몇 칸씩 다시 계단을 내려간다. 어쩌면 날고 있는지도. 어느새 나는 로비에 서 있다. 그들이 내게 다가온다. 택시는 떠나고 있는데, 그들은 여전히 여기 있다.

"너 화났어?" 메이블이 묻는다. 대답하기에 나는 너무 큰 소리로 울고 있다. 그들이 여기까지 오게 만든 나를 창피해 하기엔 너무 행복으로 가득 차 있다.

"펠리츠 나비다드26)!" 자비에르 아저씨가 상자를 벽에 기대어 놓고 날 끌어안으려고 두 팔을 벌리지만, 그보다 먼저 애나 아주머니가 힘센 두 팔로 나를 꽉 끌어안는다. 그들 모두가 나를 둘러싼다. 주위엔 온통 그들의 팔이다. 내 머리와 뺨에 그들의 키스가 쏟아지고, 나는 고맙다고 말하고, 또 말하고, 너무도 많이 말해서 도저히 멈출 수가 없다. 어느 순간, 자비에르 아저씨의 팔만 남아 날 끌어안고 아저씨가 내 귓가에 쉿 하고 속삭인다. 따뜻한 손으로 내 등을 문지른다. "쉿, 미 카리노27), 이젠 우리가 있어. 우리가 있어."라고 말할 때까지.

---

26) 스페인어로 '메리크리스마스'라는 뜻.
27) 스페인어로 '내 사랑'이라는 뜻.

제30장

위층으로 올라간 우리는 곧바로 흩어져서 작업에 착수한다. 메이블이 그들을 주방으로 안내하고 나는 그 뒤를 따른다. 탈진한 상태로. 그러나 빛에 둘러싸인 채로.

"냄비하고 프라이팬은 여기 있어요." 메이블이 말한다. "그리고 조리도구는 여기."

"베이킹 트레이는?" 애나 아주머니가 묻는다.

"찾아볼게요."

나는 그것들이 어디에 있는지 기억하고 있다. 오븐 밑 서랍을 연다.

"여기요." 내가 말한다.

"몰레28)를 만들려면 믹서기가 필요해." 자비에르 아저씨가 말한다.

"내가 슈트케이스에 믹서기 넣었어." 아주머니가 말한다.

아저씨가 아주머니를 끌어안고 키스한다.

"얘들아." 여전히 품에 안긴 채 아주머니가 말한다. "얘들아, 트리 좀 세워줄래? 우린 장 볼 것들 목록을 만들고 전야제 준비를 시작할 거야. 택시가 올 때까지 한 시간 남았어."

"우리가 갈만한 레스토랑을 하나 찾았어." 아저씨가 내게 말한다. "스페셜 크리스마스이브 메뉴."

"어떤 트리요?" 내가 묻는다.

메이블이 상자를 가리킨다.

우리는 상자를 엘리베이터에 싣고 레크리에이션 룸으로 올라간다. 우리는 소파에 앉아 테이블에서 크리스마스 만찬을 즐기며 트리를 바라볼 것이다.

"우린 여기서 자면 되겠다." 내가 말한다. "우리 방은 부모님 드리고."

"좋아." 메이블이 말한다.

우리는 트리를 세울 자리를 잡고 상자를 연다.

"이거 어디서 났어요?" 내가 묻는다. 그들이 늘 커다란 소나무를 구해서 손수 색칠한 장식들을 달았던 것을 떠올리면서.

---

28) 고추와 아몬드, 참깨, 건포도, 초콜릿, 토마토 등을 섞어 만든 멕시코의 전통음식.

"이웃집 트리야." 메이블이 말한다. "빌렸어."

트리는 여러 조각으로 나뉘어 있다. 우리는 중간 부분을 세운 다음 나뭇가지를 끼운다. 긴 가지들은 아래쪽에 끼우고 짧은 가지들은 밑에서부터 한 층씩 쌓아올린다. 전부 흰 틴셀[29]이고, 전구로 뒤덮여있다.

"자, 간다!" 메이블이 전원을 꽂는다. 수백 개의 조그만 전구가 환히 빛난다. "솔직히 진짜 예쁘다."

내가 고개를 끄덕인다. 뒤로 물러선다.

아저씨가 상자들을 너무도 조심스럽게 거실로 나른다. 뚜껑을 열어보니 얇은 종이에 싼 장식들이 있다. 여러 가지 크리스마스 쿠키들. 적절한 위치를 찾는 동안 아저씨의 엄지와 검지 사이에서 달랑거리는 한 쌍의 천사들. 무언가가 내 가슴을 움켜잡는다. 숨 쉬는 게 아프다.

"맙소사." 내가 중얼거린다. "이건 진짜 트리잖아."

레스토랑은 이탈리아 식당이다. 흰 식탁보가 덮여 있고 검은 타이를 맨 사람들이 시중을 든다. 우리는 여러 가족들과 웃음소리에 둘러싸여 있다.

애나 아주머니가 와인을 고르자 웨이터가 병을 들고 온다.

"오늘 저녁 몇 분이나 카르보네를 즐기시나요?"

29) 장식용 반짝이 조각.

"우리 모두요." 자비에르 아저씨가 우리 넷이 앉은 식탁을 한 팔로 두른다. 마치 우리 네 사람이 한 마을, 한 나라, 온 세상이라는 듯이.

"멋지네요." 웨이터가 말한다. 음주 단속은 휴일 동안에는 존재하지 않는다는 듯이, 아니면 한 번도 존재한 적 없었다는 듯이.

그가 우리 넷의 잔에 와인을 따른다. 우리는 수프와 샐러드, 네 가지 파스타를 주문한다. 기가 막히게 맛있는 음식은 없지만 이 정도면 충분하다. 메이블의 부모님이 대화를 주도한다. 대화는 메이블을 그리고 그들이 서로를 놀리는 말들로 가득하다. 온갖 일화와 활기로 가득하다. 얼마 후, 택시를 타고 스톱 앤드 숍으로 향한다. 택시가 기다리는 동안 우리는 통로를 오가며 목록에 적어온 품목들을 산다. 자비에르 아저씨는 시나몬의 종류를 보고 욕을 하면서, 제대로 된 물건이 없다고 말한다. 애나 아주머니가 계란 한 팩을 놓치는 바람에 엄청난 퍽 소리가 난다. 그와 동시에 깨진 달걀에서 노란 물이 번져 나온다. 그 사고 외에는 원하는 모든 것을 구입한다. 우리는 식료품을 들고 택시를 탄다. 열기가 뿜어져 나온다. 다시 기숙사로 돌아온다.

"저희가 도울 일 없을까요?" 나는 주방에서 식료품을 풀어놓은 뒤 묻는다.

"아니." 자비에르 아저씨가 말한다. "내가 다 알아서 하마."

"오늘밤은 우리 아빠가 주방장이야. 엄마는 부주방장이고. 우리가 할 일은 방해하지 않는 거야."

"좋아." 우리는 엘리베이터를 탄다. 둘 중 누구도 내 방이 있는 층을 누르지 않는다.

"꼭대기 층으로 가자." 내가 말한다.

전망은 우리가 처음 이곳에 왔을 때와 똑같은 게 분명한데, 유난히 더 청명하고 밝다. 요리를 하는 두 사람이 무언가를 썰거나 젓고 웃는 소리는 들리지 않는다. 하지만 우린 외롭지 않다.

어쩌면 저 두 사람과는 전혀 상관이 없는지도 모른다.

"이렇게 하기로 언제 결정한 거야?" 내가 묻는다.

"우린 네가 같이 갈 줄 알았어. 그게 유일한 계획이었는데. 하지만 내가 널 설득하지 못할 확률이 높다는 걸 깨닫고, 이런 방법을 생각했어."

"어젯밤." 내가 말한다. "너 통화할 때……."

메이블이 고개를 끄덕인다. "그때 계획을 짰어. 부모님은 너한테 말하라고 했지만, 그럼 알았다고 대답했다가 또 마음을 바꿀 것 같았어." 메이블이 창문에 손을 댄다. "우린 다 이해해. 돌아가고 싶지 않을 만도 해."

손을 뗀 곳에 자국이 남는다, 유리 위의 온기 한 조각.

"공항에서 기다리는 내내 너한테 묻고 싶은 게 하나 있었어."

"좋아." 내가 말한다.

메이블이 조용하다.

"말해봐."

"혹시 관심 있는 사람이 있는지 궁금해."

메이블은 얼굴을 붉히고 긴장하지만, 감추려 애쓴다.

"아." 내가 말한다. "아니. 최근에 그런 생각은 안 해봤어."

메이블은 실망한 것처럼 보인다. 천천히, 표정이 바뀐다.

"지금 생각해보자." 메이블이 말한다. "분명히 *누군가* 있을 거야."

"너 또 시작이구나." 내가 말한다. "이건 코트나나 엘레노어 같은 애들이 하는 짓이잖아."

고개를 젓는다. "그런 거 아니야. 그냥 그러면 내 기분이……나아질 것 같아서 그래. 너도 기분 좋아질 거고."

"내가 사귀는 사람이 있어야만 네가 남자친구를 사귈 수 있는 건 아니야. 그건 이미 괜찮아."

"마린, 그냥 생각만 해보라는 거야. 엄청난 결단을 내리라거나 사랑에 빠지라거나 아니면 네 인생을 복잡하게 만드는 무언가를 하라는 게 아니고."

"난 지금 이대로가 좋아."

하지만 물러설 기미가 보이지 않는다.

"어서." 메이블이 말한다. *"생각해봐."*

여긴 뉴욕의 대학이지 가톨릭 학교가 아니다. 무지개 팔찌나 분홍색 삼각형 핀[30]을 하고 다니고, 여자 친구에 대해 스스럼없이 얘기하고 여성 연구회 회장이 멋지다고 말하는 애들도 얼마든지 있다. 나는 그런 행동들에 동참하지 않았지만, 그건 단지 내가 지나간 일에 대해 얘기를 하지 않기 때문이다. 나 스스로를 외부와 차단하려 애썼음에도 눈에 띄는 애들이 있긴 했다. 그러지 않으려고 해도 몇몇 여자애들이 눈에 띄었다.

"떠오르는 애가 있구나." 메이블이 말한다.

"별로."

"얘기해봐." 메이블이 말한다.

얼마나 원하는지는 알지만 그러고 싶지 않다. 설령 누군가 있다고 해도 그 이름을 말하고 나면 나는 가진 게 없어도 괜찮다고, 한나와의 우정과 수영장, 과학적인 사실들과 나의 노란 그릇들과 방한화만으로도 충분하다고 어떻게 말할 수 있을까? 나는 그 누군가를 원하게 될 것이다.

"예뻐?"

메이블의 입에서 그런 말이 나오는 게 감당하기 벅차다. 눈빛이 너무 정직해서 나는 완전히 압도당한 채 대답을 하지 못한다. 메이블에겐 이게 필요한가 보다. 우리가 앞으로 나아가기 위해서. 그러나 이것은 또 하나의 상실처럼 느껴진다. 새로운 여자애

---

30) 성 소수자들을 지지한다는 의미를 담고 있는 액세서리.

우린 괜찮아

가 예쁘다고 생각하는 것은. 이 세상의 수많은 사람들이 예쁜 것과는 다른 방식으로, 내게 어떤 의미가 있는 방식으로 예쁘다고 생각하는 것은. 메이블의 어두운 눈을 바라보는 것은, 메이블의 분홍빛 입술 혹은 긴 머리카락을 보지 않으려 애쓰며 그 말을 하는 것은. 실제로는 낯선 사람이나 마찬가지인 어떤 여자애가 다음번에 내가 사랑하는 사람이 될 수도 있다고 생각하는 것은. 메이블의 자리를 대신할 수도 있다고 생각하는 것은.

그러나 나는 접이식 소파베드에서 느꼈던 메이블의 온기를 생각한다. 내 몸에 닿던 몸을 생각한다. 그날 밤 내가 느낀 감정의 상당한 부분이 메이블에 대한 것임을 알지만, 그 중 일부는 그렇지 않았다. 아마도 나는 이미 그런 느낌을 새로운 누군가에게서 원하고 있는지도. 단지 그 사실을 몰랐을 뿐인지도.

내 안의 무언가가 쩍 하고 벌어진다. 그 틈으로 새어 들어오는 빛은 너무도 밝아서 아릴 정도다. 나머지의 나는 여전히 이곳에 있다. 이게 최선임을 알면서도, 상처는 입은 채로.

"그날 밤 바닷가에서." 메이블이 말한다. "그리고 그 뒤로 이어진 날들 동안, 학교가 끝난 여름 내내……."

"응?"

"다시는 다른 사람을 사랑할 수 없을 거라고 생각했어."

"나도 그렇게 생각했어."

"그땐 우리가 철이 없었어."

"그건 잘 모르겠다." 내가 말한다.

나는 눈을 감는다. 우리는 오션 비치에 있다. 백사장엔 위스키 병이 있고 부서지는 파도 소리가 있다. 찬바람과 어둠과 내 쇄골에서 느껴지는 메이블의 미소가 있다. 우리는 그 찬란한 여름 안에 있다. 이제 우리는 다른 사람이 되었지만. 그렇다, 그 소녀들은 마법 같았다.

"난 우리가 철이 없었던 게 좋아." 내가 말한다.

"네 말이 맞아. 그게 더 간단하니까. 하지만……."

우리의 눈이 마주친다. 미소를 짓는다.

"우리 영화나 볼까?"

"응." 내가 말한다.

마지막으로 창밖의 밤을 한 번 더 내다본다. 나는 저 밖에 있는 모두에게 이런 따스함이 있기를 조용히 기도한다. 우리는 다시 엘리베이터 안에 있다. 마호가니 벽과 샹들리에. 문이 닫히고 하강하기 시작한다. 다시 문이 열리고 우리는 레크리에이션 룸에, 반짝이는 흰색 틴셀 트리 앞에 서 있다. 할아버지의 전나무와는 전혀 다르지만, 이것은 이것대로 완벽하다.

"그 애가 누군지 몰라도 언젠가는 나도 그 앨 만나게 되겠지."

"아마도 언젠가는."

우린 괜찮아

너무도 불확실한 마음으로 그렇게 말하지만 또 누가 아는가, *언젠가*라는 건 열린 단어다. 그 말은 내일을 의미할 수도 있고 몇 십 년 후를 의미할 수도 있다. 내가 모텔에서 담요를 뒤집어쓰고 웅크리고 있을 때 누군가 내게 메이블과 언젠가 다시 만날 거라고 말했다면, 내가 언젠가 메이블에게 그간의 일을 털어놓고 기분이 조금 나아져 두려움이 덜 해질 거라고 말했다면, 나는 믿지 않았을 것이다. 그로부터 불과 네 달이 지났고, 언젠가라고 믿고 기다리기에 그것은 그리 긴 시간이 아니다.

그래야 한다는 걸 알면서도 어쩌면 내가 제이콥을 만날 수도 있다고는 말하지 않는다. 그게 확률적으로 더 높고 더 임박한 일이지만 아직은 그런 말을 할 수가 없다.

"이것 봐." 메이블이 TV 앞에 앉아 영화들을 훑어보고 있다. "≪제인 에어≫가 있어. 이거 봤어?"

내가 고개를 젓는다. 나는 흑백 영화만 보았다.

"이거 어때? 전기 없이 보냈던 우리의 밤을 기억하자." 내가 머뭇거리자 메이블이 말한다. "아니면 좀 더 밝은 영화를 볼까?"

하지만 안 될 건 뭔가? 그 이야기는 항상 내 마음속에 있고, 나는 이미 그 이야기를 너무도 잘 알고 있다. 깜짝 놀랄 일은 없을 것이다. 그래서 나는 그러자고 말한다.

젊은 시절의 제인이 울면서 손필드에서 뛰쳐나오는 장면에서 영화가 시작된다. 장면이 바뀌고 제인이 황량한 풍경을 배경으로 홀로 서 있다. 불붙은 하늘, 번개, 비. 제인은 자신이 죽을 거라고 생각한다. 그러다가 영화는 다시 과거로 돌아가고, 제인은 어린 소녀가 된다. 그렇게 우리는 모든 게 처음에 어떻게 시작되었는지 알게 된다.

할아버지는 매년 트리를 꾸몄다. 죽은 아내가 남겨두고 죽은 딸이 산 장식들을 꺼내 너무 많은 것을 잃고도 다 이겨낸 사람인 척 했다. 할아버지는 날 위해서, 할아버지의 마음과 심장이 어둡지 않은 척, 복잡하지 않은 척했다. 손녀인 나와 한집에 사는 척했고, 손녀를 위해 빵을 구워주고 학교에 데려다주고 얼룩을 제거하고 돈을 모으는 것에 관한 중요한 것들을 가르쳐주는 척했다. 그러나 사실 할아버지는 죽은 사람과 비밀의 방에 살고 있었다.

어쩌면 그게 아닐 지도 모른다. 그보다 더 복잡했을 지도 모른다.

집착, 깨달음, 슬픔, 미친 짓에는 정도가 있다. 모텔에서 보낸 낮과 밤, 나는 그것들 각각의 무게를 서로 견주어 보았다. 그 일을 이해하려 애썼지만 매번 미치지 못했다. 매번 이해했다고 생각했지만 어느 순간 논리가 어그러졌고 나는 다시 아무것도 모르는 상태로 돌아갔다.

어두운 곳이다. 모른다는 것은.

그것에 굴복하기란 어렵다.

우린 괜찮아

하지만 우리는 대부분의 시간을 그곳에 살고 있다. 아마도 우리 모두가 그곳에 살고 있고, 그렇다면 그렇게 외로워할 필요도 없을 것이다. 그 안에 정착하고, 그 속에서 아늑해하고, 불확실성 속에 집을 지을 수도 있을 것이다.

제인이 못된 숙모의 임종을 지키고 있다. 제인은 숙모를 용서하고 집으로 돌아간다. 로체스터가 제인을 기다리고 있다. 비장하고도 낭만적인 영웅 의식에 사로잡힌 채. 그를 믿어야 할지 두려워해야 할지 제인은 알지 못한다. 대답은 둘 다이다. 그에겐 제인에게 못한 말이 너무도 많다. 그에겐 다락방에 갇힌 아내가 있다. 일부러 말하지 않은 수많은 거짓말이 있다. 그는 제인에게 속임수를 쓰고, 다른 사람인 척 연기하고 마음을 사로잡으려 한다. 그는 제인을 두렵게 한다. 제인이 그를 두려워하는 것은 당연하다.

경찰서에서 곧장 집으로 돌아갔다면 많은 걸 알게 되었을 것이다. 할아버지의 유령이 침입해서 엄마의 유품을 망가뜨리지 않도록 창문을 꼭 닫아놓았을 것이다. 사진들을 전부 다 만져보았을 것이다. 엄마에 관한 단서를 찾기 위해 편지들을 전부 다 읽었을 것이다. 할아버지가 꿈꾸었던 콜로라도에서 엄마와 함께 하는 삶에 담긴 과거의 암시들을 찾을 수도 있었을 것이다. 엄마에 관한 너무도 많은 것을 알 수 있었을 것이다. 비록 그 절반은 진실이 아니었다고 해도.

"나온다." 메이블이 말한다.

나 역시 그 순간이 다가오는 것을 느낄 수 있다. 청혼의 순간. 처음에 그렇게 고통을 주어놓고는 이제 와서 사랑한다니. 로체스터는 제인 같은 여자를 만날 자격이 없지만, 그는 제인을 사랑한다. 그가 하는 말은 진심이지만, 그는 거짓말쟁이다. 나는 영화에서도 브론테가 쓴 대사가 그대로 나오기를 바란다. 그 대사는 너무도 아름답다. 이제, 그 대사가 나온다.

"당신에 대해 나는 아주 묘한 감정을 갖고 있어요. 마치 내 왼쪽 갈비뼈 아래 어딘가에 끈이 묶여 있어서 당신 몸속에 있는 그와 비슷한 끈과 단단히 묶인 것 같아요. 당신이 떠난다면 그 끈은 끊어지겠죠. 그러면 내 안에서 피가 흐를 것만 같아요."

"≪두 명의 프리다≫에서 그 혈관처럼." 메이블이 속삭인다.

"맞아."

제인이 말한다. "나는 독립적인 의지를 가진 자유로운 인간이에요. 그래서 당신을 떠나려고 하는 거예요."

어쩌면 제인은 거기서 끝내고 그를 떠났어야 했다. 그랬다면 가슴 아플 일도 없으리란 걸 우리는 이미 알고 있다. 하지만 그래서 지금 제인이 그러겠다고, 그의 곁에 머물겠다고 할 때 훨씬 더 기쁘다. 메이블과 나는 이야기 속에 완전히 빠져든다. 나는 잠시

우린 괜찮아

나 자신에게서 벗어난다. 잠깐이나마 제인은 자신이 행복할 거라고 믿고, 나 역시 그렇게 믿어보려 애쓴다.

영화가 거의 끝나갈 무렵, 메이블의 부모님이 포장한 선물들을 한 아름 안고 들어온다. 그들은 선물을 나무 밑에 내려놓은 다음 손필드의 폐허 속을 거닐며 제인이 로체스터를 다시 찾는 장면을 우리와 함께 본다.

그들은 자막이 올라갈 때 자리를 떴다가 선물을 몇 개 더 들고 돌아온다.

"그거 아직 네 가방에 있어?" 내가 메이블에게 묻는다.

메이블이 고개를 끄덕이고 내가 가져온다. 그들의 선물들 틈에서 내 선물은 포장을 하다 만 것처럼 보이지만 그나마 그들에게 줄 게 있어 다행이다. 나는 이제야 메이블이 왜 그걸 나중에 열어보겠다고 했는지 깨닫는다. 애나 아주머니에게 따로 줄 게 없는 게 서글프다.

자비에르 아저씨가 흰색 트리를 보고 웃으며 고개를 젓는다.

애나 아주머니가 어깨를 으쓱한다. "싸구려지만, 재밌잖아."

정적이 내린다. 얼마나 늦은 시간인지 느껴진다.

"메이블." 자비에르 아저씨가 말한다. "잠깐 나 좀 볼까?" 잠시 후 반짝이는 불빛들 옆 소파에는 애나 아주머니와 나 둘만 남는다. 아주머니가 내 쪽으로 돌아앉는 순간, 나는 우리 둘만 남겨진 것이 의도된 것임을 깨닫는다.

아주머니가 말한다. "너한테 할 얘기가 있어."

아주머니의 마스카라가 눈 밑에 번져 있지만 피곤해 보이진 않는다.

"해도 될까?" 아주머니가 물으며 내 손을 잡는다. 나도 그 손을 꽉 쥔다. 아주머니가 곧 내 손을 놓을 거라 생각한다. 하지만 그러지 않는다.

아주머니가 말한다. "난 네 엄마가 되고 싶었어. 널 처음 만난 순간부터, 난 그러고 싶었어."

내 안의 모든 것들이 윙윙거리기 시작한다. 나의 두개골과 나의 손가락들과 나의 심장이.

"네가 메이블과 함께 주방에 들어왔어. 넌 열 네 살이었지. 난 이미 너에 관해 몇 가지를 알고 있었어. 이름이 마린인 내 딸의 친구. 할아버지와 단 둘이 살고, 소설을 읽고 얘기하는 걸 좋아하는 아이. 네가 주위를 둘러보는 걸 지켜봤어. 아무도 안 보는 줄 알고 싱크대 위에 있던 비둘기 그림을 만져보더라."

"이젠 안 좋아해요." 내가 말해버린다.

아주머니는 혼란스러운 표정이다.

"소설 읽는 거요." 내가 말한다.

"다시 좋아하게 될걸. 하지만 좋아하지 않는다고 해도 상관없어."

우린 괜찮아

"상관이 있다면요?"

"무슨 뜻이지?"

"제가 그날 주방에 들어갔던 그 여자애가 아니라면요?"

"아." 아주머니가 말한다. "좋아. 무슨 말인지 알겠어."

히터가 달그락거리고 곧 뜨거운 바람이 나온다. 아주머니가 뒤로 몸을 기대며 생각에 잠긴다. 여전히 내 손을 꽉 잡은 채로.

내가 애나 아주머니를 힘들게 하고 있다. 난 오직 그러겠다고 말하고 싶은 마음뿐인데.

"메이블이 전부 다 얘기했어. 두 사람에 대해. 네 할아버지가 어떻게 돌아가셨는지에 대해. 할아버지가 사라진 뒤 네가 알게 된 것들에 대해." 아주머니의 눈에 눈물이 차올랐다가 흘러내리지만 거의 알아차리지 못하는 것 같다. "비극이야. 가슴 아픈 일이고." 말을 멈추고 자신을 쳐다보게 한다. "이건 배신이야." 아주머니가 뚫어져라 나를 본다. "내 말 알겠니?"

그들은 경찰서 로비에서 나를 기다렸고 나는 뒷문으로 빠져나왔다. 나는 단 한 번도 그들에게 전화하지 않았다. 메이블이 날 추적해서 이곳까지 오게 만들었고 이제 그들까지 내게 오게 만들었다.

"너무 죄송해요." 내가 말한다.

"아니, 그 얘기가 아니야." 아주머니가 말한다. 마치 내가 속옷

바람으로 무도회에 가겠다고 말하기라도 한 것처럼. "우리가 아니라 네가 그렇다고. 네가 배신당했다고."

"아."

"그건 한 사람을 바꿀 만한 사건이야. 그런 일을 견디고도 전혀 변하지 않는다면, 그게 뭔가 잘못된 거지. 하지만 그 앨 기억하니? 우리 주방에 있던 그 비둘기도?"

"그럼요." 내가 말한다. 나는 비둘기의 머리를 애나 아주머니가 얼마나 아름답게 그렸는지를 생각한다. 비둘기의 구릿빛 날개들을 생각한다.

"넌 아직 너야." 애나 아주머니가 말한다. "그리고 난 여전히 네 엄마가 되고 싶어. 넌 네가 아는 것보다 훨씬 더 오랫동안 혼자였어. 네 할아버지는 최선을 다했어. 그건 분명히 말할 수 있어. 할아버진 널 사랑했어. 그것만은 확실해. 하지만 네가 남편과 내게 도움을 청했던 그날 밤부터 우린 널 가족으로 맞이하고 싶다고 말하려고 때를 기다렸어. 그날 아침에 말하고 싶었지만 그땐 네가 준비가 안 되어 있었지."

아주머니가 내 얼굴에서 눈물을 닦아낸다. 더 많은 눈물이 쏟아진다.

"그러겠다고 말해." 아주머니가 말한다.

아주머니가 입술을 내 뺨에 누르자, 심장이 부풀어 오르고 가

우린 괜찮아

숨이 저려온다.

"그러겠다고 말해."

아주머니가 내 머리카락을 귀 뒤로, 젖은 얼굴 뒤로 넘긴다. 나는 울음을 멈출 수가 없다. 이것은 내 이름을 써 놓은 방문보다 더 벅차다. 그들의 주방 싱크대에서 물을 마시는 것보다 더 벅차다.

아주머니가 나를 가까이 끌어당긴다. 가능하다고 생각했던 것보다 내가 더 작아질 때까지. 그의 품에 안기고, 내 머리가 그의 목과 어깨가 만나는 곳에 기대어질 때까지. 그 순간 나는 무언가를 떠올리며 숨을 헉 들이킨다.

오션 비치에 나가 있으면 기억날 거라고, 분홍색 조개껍데기나 엄마의 사진을 들여다보면 기억날 거라고 생각했다. 그것들 중 한 가지가 어느 날 그 기억을 되살려 줄 거라고 생각했다.

그런데 바로 지금 그 일이 일어나고 있다.

엄마의 소금기 밴 머리카락, 엄마의 단단한 팔, 내 이마에 닿는 엄마의 입술. 엄마의 목소리도 아니고 했던 말도 아니고, 엄마가 노래를 부를 때의 그 느낌, 내 얼굴에 닿던 목의 울림.

"그러겠다고 말해." 애나 아주머니가 말한다.

나의 조그만 손이 노란 셔츠를 움켜잡고 있다.

모래와 태양.

커튼처럼 햇볕을 가려주는 엄마의 머리카락.

사랑으로 타오르는, 날 바라보는 엄마의 미소.

내가 기억하는 것은 그것뿐이고, 그게 전부다.

나는 여전히 숨을 헐떡인다. 나는 애나 아주머니를 꽉 끌어안고 있다. 아주머니가 날 놓는 순간 기억이 사라질지도 모른다. 그러나 아주머니는 아주 오랫동안 나를 꼭 안는다. 두 손으로 내 얼굴을 잡고 말한다. "그러겠다고 말해."

기억은 여전히 여기 남아 있다. 나는 여전히 느낄 수 있다.

나에겐 또 한 번의 기회가 왔고 나는 그 기회를 잡는다.

"네." 내가 말한다. "네."

우리는 바닷가에 있었다. 태양이 환히 빛났고 나는 엄마의 품 안에 있었다. 엄마는 내게 노래를 불러주고 있었다. 그 노래를 기억할 순 없지만 목소리는 기억이 난다. 노래가 멈추면 엄마는 내 머리에 자신의 머리를 기대었다. 온 세상이 저 밖에 있었다. 꿀벌들과 낙엽수들. 수영장과 식료품 상점들. 공허한 눈빛의 남자들, 식당 문의 종들, 너무도 황량하고 쓸쓸해서 뼛속까지 외로움이 스며드는 모텔들. 메이블과 애나 아주머니와 나의 할아버지가 될 사람 혹은 이미 나의 할아버지가 된 사람. 각각의 언젠가와 각각의 키스. 제각각의 아픔들. 온 세상이 내 앞에 펼쳐져 있었지만 나는 엄마의 품에 있었고 아직은 그것을 알지 못했다.

감사의 말

할아버지가 돌아가시고 몇 달 간, 할아버지 생각에 밤마다 울던 그 시기에, 내 아내 크리스틴이 말했다. 당신이 쓸 이야기가 생각났어. 오션 비치에서 할아버지와 같이 사는 소녀 이야기를 써보면 어때? 그 말은 내 마음속에 머물렀다. 그리고 할아버지의 1주기에, 우리 딸 줄리엣이 태어났다. 줄리엣이 아기였을 때, 나는 혼자 동네 카페에 갔다. 문득 마린, 메이블, 그리고 할아버지의 목소리와 마린의 상처 입은 그리움이 토막 난 대화로 들려왔다. 아마도 크리스틴은 다른 이야기를 생각했을 것이다. 할아버지와 내가 느낀 사랑은 복잡하지 않았고, 농담과 카드 게임을 즐기는 것을 제외하면 마린의 할아버지와 나의 할아버지는 거의 공통점이 없다. 그러나 나는 격변과 환멸의 시기에 이 소설을 썼다. 내가 새로 꾸린 가정의 가슴 저리고 마법과도 같은 사랑과는 너무 대조적이었던 시기에. 그리고 이 소설이야말로 그 모든 감정들의 정점이다. 크리스틴, 이 소설의 씨앗을 뿌려주어서 고마워. 당신의 맹렬하고도 흔들림 없는 사랑이 고마워. 나의 따스한, 호기심 많고 거침없는 줄리엣, 이 소설을 쓸 수 있게 해주어서 고마워.

나의 작가 모임에 진심 어린 감사를 전한다. 로라 데이비스, 테레사 밀러, 칼리 앤 웨스트. 그들은 나의 두려움에도 불구하고, 이 책이 음식을 만들거나 설거지만 하는 얘기가 아니라는 확신을 주었다. 스페인어를 도와준 줄스 라쿠어에게 감사하고 자신의 문화적 지식을 공유해 준 아디 알사이드에게 감사한다. 내 최초의 비평 파트너이자, 최종 정독을 해준 제시카 제이콥스에게 감사하고, 그 과정에서 나와 수천 번의 대화를 나누어 준 아만다 크램프에게 감사한다.

나의 펭귄 가족들, 이 소설이 나올 무렵이면 우리가 함께한 지가 영광스럽게도 10년이 된다. 다른 무엇보다 샌프란시스코에서 점심 식사를 하며 긴 토론과 함께 선물을 준 줄리 스트라우스 게이블에게 감사한다. 그 시간 동안 당신은 (또 다시) 내 이야기의 핵심을 발굴해 주었고 그것으로 충분하다고 믿어주었다. 앞으로 우리가 함께 만들어 갈 수많은 책들을 위해 건배. 더턴 팀, 멜리사 폴너, 로산느 라우어, 애나 부스, 그리고 앤 헤우슬러,

우린 괜찮아

책을 이토록 아름답게 꾸며준 디자이너들 사미라 이라바니와 테레사 에반젤리스타, 그리고 나의 뛰어난 홍보 담당자 엘리스 마샬에게 크고도 영원히 지속되는 감사를 바친다. 이 책이 서점과 도서관과 학교와 인터넷에 자리를 찾도록 도와줄 모든 이들에게 감사한다. 그들은 마술을 부린다.

사라 크로, 당신을 곁에 둔 나는 너무나 행운아에요. 당신이 하는 모든 일에 감사합니다.

마지막으로, 나의 가족과 친구들, 당신들 한 사람 한 사람에게 감사한다.

우린 괜찮아

초판 1쇄 발행일 2020년 4월 8일
초판 2쇄 발행일 2020년 6월 23일
지은이 **니나 라쿠르**
옮긴이 **이진**
펴낸곳 **든**
출판등록 406-2019-000010호
주소 (10881) 경기도 파주시 문발로 119, 202호
메일 deunbooks@naver.com
블로그 blog.naver.com/deunbooks
인스타그램 www.instagram.com/deunbooks
ISBN 979-11-966247-6-7 03840
값 14,500원